우리는 느리게 사랑하고 있습니다

_일러두기

본문은 주제에 따라 엮었으므로 이야기의 시간 흐름이 다를 수 있습니다.

우리는 느리게 사랑하고 있습니다

초판 1쇄 발행일 2024년 11월 18일

지은이   김양근·전성옥
펴낸이   이원중

펴낸곳 지성사 출판등록일 1993년 12월 9일 등록번호 제10-916호
주소 (03458) 서울시 은평구 진흥로 68, 2층
전화 (02) 335-5494 팩스 (02) 335-5496
홈페이지 www.jisungsa.co.kr 이메일 jisungsa@hanmail.net

© 김양근·전성옥, 2024

ISBN 978-89-7889-558-3 (03810)

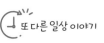
또다른일상 이야기

11 월 18 일 월요일	날씨 ☀ ☁ ☂ ❄
일어난 시간 7 시 30 분	잠든 시간 9 시 00 분

제목: **우리는 느리게 사랑하고 있습니다**

글 김양근 · 전성옥

우	당	탕	탕	,		별	난		가	족	의
			일	상		이	야	기			

지성사

이야기를 시작하며

저출생 시대입니다.

몇 년 전까지만 해도 자녀가 셋이면 다자녀 혜택이 주어졌지만 지금은 두 자녀만으로도 다자녀 혜택을 받습니다. 아이 둘 키우기도 힘들다고 하는 시대라는 말이지요. 아이들은 둘이서 혹은 셋이서 엄마 아빠를 차지하는 것입니다.

우리 집은? 열 명이 훌쩍 넘습니다.

엄마 아빠를 열 명이 넘는 자녀들이 나눠 가져야 한다는 말이죠. 얼마나 치열하겠습니까.

지금부터 그 치열한 전쟁터를 살아가는 아이들 이야기를 하고자 합니다.

세상에서 가장 고귀한 낱말이 '엄마'라고 합니다.

나에게 생명을 선물하고 아름다운 세상에 있게 해준 고귀한 분, '엄마'입니다.

가장 아프고 힘들 때 찾는 이름,

가장 기쁘고 행복할 때 찾는 이름,

어떤 순간에도 내 손을 잡아주는 이름 '엄마'입니다.

하지만

'엄마'라는 이름이 가장 상처가 되는 아이들도 있습니다.

태어나서 한 번도 불러보지 못한 이름이 되었고,

가장 힘들고 아플 때 찾을 수 없는,

기쁘고 행복한 순간에도 떠올리지 않는

'엄마'라는 이름을 가슴에 품고 사는 아이들입니다.

그런 아이들의 '엄마' 노릇을 하는 저는

아이들이 말하는 '가짜 엄마'입니다.

날마다 밥을 해주고 학교에 보내고 학원도 보냅니다.
하고 싶은 것을 할 수 있게 도와주고
하지 말아야 할 것은 못 하게 합니다.
몸이 아플 때면 병원에 데려가고
마음이 아프면 꼬옥 안아줍니다.
재잘재잘 함께 웃고, 꿈을 이야기하며 소망을 나눕니다.

그러던 어느 날,
한 아이가 긴 편지를 써왔습니다.

엄마! 저는 엄마가 있어서 참 좋아요.

그 아이는 '엄마'라는 상처를 씻고 세상에서 가장 고귀한 이름 '엄마'를 다시
찾은 건 아닐까요?

아이들과 함께 사는 저는 늙지 않는 행복이 있습니다.
에너지가 넘치는 녀석들의 틈에서 젊게 삽니다.
오랜만에 만난 지인들은 이구동성으로 말합니다.
"왜 안 늙어? 예전보다 더 젊어진 것 같아?"
정답을 말하죠.
"아이들과 함께 살아서 그렇죠."

젊게 사는 비결이 여기 책 속에 있답니다.

|| 차례 ||

1부

닮았어,
우리는!

같은 꿈, 같은 사랑

열 살 소년 앞 아버지의 유언

내 나이 겨우 열 살.

지금도 이해가 안 되는 아버지. 임종을 한 달 앞둔 아버지는 열 살 아들을 데리고 논으로 향했다.

벼 못자리 다져놓은 논에 줄을 띄워 볍씨 부을 곳을 만들고 이것저것 설명해 주셨다.

"양근아, 못자리는 이렇게 저렇게 해야 한다."

유난히 큰 눈을 껌뻑이며 나는 아버지의 유언 같은 논 일을 듣고 있었다.

열 살 아들이 무얼 안다고 그 절박한 순간에 사랑한다는 말, 아빠 없어도 엄마, 동생들 지켜야 한다는 말 등 거창한 말씀 한마디 없으시고, 담지 못할 못자리에 대해 설명해 주셨을까?

"아빠가 없어도 잘 할 수 있지?"

"……."

사십을 넘겨 오십 줄을 바라보는 나는, 이제야 아버지의 뜻을 알 것 같다. 죽는 순간까지 삶을 살아야 한다는 것을 아버지는 열 살 아들에게 마지막 힘을 다해 행동으로 보여주신 거였다.

40년 후에야 나는 아버지의 기이한 행동을 이해할 수 있었다.

"내일 지구가 멸망하더라도 나는 오늘 한 그루의 사과나무를 심겠다"는 어느 철학자의 말처럼 아버지는 삶의 마지막까지 최선을 다하고 계셨던 것이다. 나는 그걸 오늘 깨닫는다.

타임머신을 타고

과거는 오늘을 있게 하는 소중한 역사다. 과거를 잘 이해하고 용서하면 우리는 미래를 활짝 열 수 있다.

중학교 2학년, 내 인생에서 슬픔이 가장 응집된 시기였다. 아버지를 떠나보낸 후 몇 년이 지나지 않아 또 엄마를 보내야 했다.

병원에서 불치병 선고를 받고 집으로 모셔온 엄마를 보며 하늘이 무너진다는 것이 무엇인지 느껴지는 순간이었다. 아빠가 열 살에 돌아가셨고 이제는 엄마마저 떠나려 하니 열다섯의 나는 아무것도 할 수 없었다. 차갑게 식은 엄마의 두 손을 붙잡고 기도하고 또 기도했다.

"하나님, 제발 우리 엄마를 낫게 해주세요."

눈물로, 또 눈물로 밤을 지새우며 엄마 손을 비비고 또 비비며 보이지도 않고 믿지도 않았던 하나님을 찾아 애원했다. 그러고 나면 엄마 손이 잠시 따뜻해지면서 5분 정도 편히 주무시는 걸 보았다. 하지만 눈을 뜨면 또다시 고통스러운 엄마를 마주해야 했고 그렇게 며칠을 힘들게 보내던 어느 날, 눈을 뜬 엄마가 나에게 말했다.

"양근아, 엄마가 똑바로 누우면 죽은 거다."

타임머신을 타고 과거로 돌아갈 수 있다면 열다섯의 나를 만나 말해주고 싶다.

고개 숙이며 걷지 말라고, 동생들 더 많이 챙겨주라고, 치매 할머니 잘 받아주고, 하반신이 온전치 못한 큰아버지 잘 살피라고, 어깨 툭툭 다독이고 싶다.

열다섯의 내 얼굴을 만지는 임종을 앞둔 서른여섯의 엄마도 만나고 싶다. 30년 후 아들은 잘 살고 있다고, 아무 걱정 마시고 편히 가시라고.

그 시절의 나와 엄마, 그리고 중년이 된 내가 기독병원 중환자실에서 함께 만난다면 행복하게 사는 엄마 닮은 며느리, 손주들 그리고 내가 하고 있는 일을 엄마와 이야기하다 돌아오고 싶다.

가족! 새로운 가족!

부모를 모두 하늘나라로 보낸 나는 동생들과 뿔뿔이 흩어져 살아야 했다.

나는 팔순 할머니와 하반신 장애인 큰아버지 집으로 들어가고, 열세 살 혜진이는 넷째 큰아버지 집으로, 열한 살 수진이는 셋째 큰아버지, 막내인 일곱 살 경진이는 둘째 큰아버지네로 들어가야 했다. 그때는 정말 말할 수 없이 고통스러웠다.

그렇게 1년을 흩어져 살았는데, 막냇동생이 제일 불쌍했다. 어린 나이에 눈치 보면 눈치 본다고 구박받고, 또 구박당하면 더 주눅 들어 눈치 보고……. 세상이 온통 희뿌연 안갯속이었다.

활발했던 내가 의기소침해질 수밖에 없었던 시기였다. 원래는 낙천적인 성격이었는데. 친구 좋아하고 노는 것 좋아하고 운동도 잘하는……. 그런 화려한 나의 모든 삶이 안갯속으로 사라진 느낌. 앞이 보이지 않았으니 어떻게 살아야 할지도 몰랐다. 그저 하루하루 버틸 수밖에. 소원이 있다면 동생들과 같이 살고 싶은 맘뿐이었다. 큰아들이라는 무게였을까. 동생들이 불쌍해 속으로 많이 울었다.

그렇게 또다시 1년. 주위에서 도와주는 사람들이 있었다. 한수원(한빛 수력원자력본부) 직원들이 우리 이야기를 듣고 가족이 흩어져 살면 안 된다고 후원금을 모아 함께 살게 해주었다.

그분들 덕분에 흩어져 살던 동생들과 다시 함께 살 수 있었다. 김용식 목사님 댁이었다. 목사님도 자식이 있었는데 우리 네 남매를 맡아 키워주시기로 했다. 나는 목사님 아들과 친해졌고 나의 유일한 형님이 되었다. 지금도 그 시절이 그립다. 행복했던 시간.

하지만 행복했던 시간은 그리 오래가지 못했다. 인생이 그런 건가. 좋은 날이다 싶으면 또 비바람이 불어온다. 진짜 가족처럼 살았고 동생들도 좋아했는데 2년도 못 살고 또다시 흩어져야 했다.

정처 없는 나그네 인생이었다. 갈 곳을 잃은 나와 동생들은 복지시설로 들어가게 되었다. 한수원 직장 후원회에서 만든 '사랑의 집'이라는 시설이었다. 나는 정말 시설에 들어가고 싶지 않았다. 하지만 동생들 때문에 들어가야겠다고 마음먹었다. 동생 혜진이가 한참 사춘기를 겪고 있었고, 오빠로서 사춘기 여동생을 관리할 수가 없었다. 어긋나갈까 봐 걱정되었는데 오빠 말을 통 듣지 않았다.

그곳에 사는 사람들은 좋은 분들이었다. 목사님 부부의 헌신으로 세운 시설이었는데 독거노인들, 장애인들, 부모 없는 아이들을 모아 함께 공동체를 이루며 새로운 가족이 되어 살았다. 나를 키워주시던 목사님의 생각이 참 좋았다. 작자무즉(작은 것을 소중히 여기라. 자원하는 자가 되라. 무명 유실한 자가 되라. 즉각 순종하라) 정신. 그분의 정신이 지금 나의 현재를 이루는 근간이 된 것 같다.

처음으로 가족이라는 말을 타인에게서 들었다. 나처럼 부모를 잃고 흩어진 아이들을 모아 가족이라고 말해주고 진짜 가족처럼 대해 주셨다. 그때부터 내 마음은 가족이라는 낱말에 흔들렸다.

나처럼 부모가 없는 고아들은 가족이라는 말에 마음을 다 내려놓는다. 가족이 있다는 것은 태산을 얻는 것보다 더 소중하다.

혈연이든 지연이든 한 가족으로 살면서 서로의 언덕이 되어주는 삶은 참 아름다운 모습이다.

나이는 숫자에 불과해?

"양근 씨는 꿈이 뭐야?"

"꿈이요? 그거 먹는 거예요? 하하하. 막내 여동생 결혼시키는 게 꿈인데요."

복지시설에서 나를 처음 만난 지금의 아내가 던진 질문이다. 아내는 내 얼굴에 서린 근심, 그리고 무표정, 스물네 살 청춘이 애늙은이 느낌이었다고 한다. 답답했겠지. 줄줄이 동생들은 시설에서 살고 나 혼자 대학 생활에 직장 생활에 거기다 새생명마을(아동 청소년 양육시설) 아이들 걱정까지 있었으니 아내의 눈에 젊은 나의 꿈이 보였을까?

서른 살 노처녀가 독특했다. 누나 같고 엄마 같았다. 작고 삐쩍 마른 체형인데 왜 그런 느낌이 들었을까. 동병상련의 마음이었을까. 같은 아픔, 같은 소망을 품은……

처녀 중에도 노처녀가 당당하고 자존심도 세~가지고 시설 아이들을 교육하는 모습이 인상적이었다. 거친 남자아이들을 교육하고 바로잡아 가는 모습이 매력적이었다고나 할까. 남들은 시설 아이들이라고 불쌍히 여기고 친절하게만 대하는데 뭔가 좀 다르다고 생각했다.

아내의 물음을 그저 웃어넘겼지만 꿈은 따로 있었다. 어른들이 정해준 꿈이었지만. 시설에서는 내가 제일 큰형이고 오빠였기 때문에 나에 대한 기대가 컸다.

"양근이가 크면 이 아이들을 키워야 한다. 목사가 되어야 한다."

이런 말들을 항상 듣고 살면서 꿈이 돼버린······.

"애들 키워야죠. 200명 키울 거예요."

가랑비에 옷 젖듯이 스며든 꿈이다.

우리는 금세 연인이 되었다. 엄마에 대한 그리움이 사무쳐 있는 나에게 그때 그녀의 모습은 모성 본능을 자극하는 섹시함(?)이 매력이었다. 거기에 강직한 양육방식이 맘에 들었다. 부모도 없이 부초 같은 인생에 떠돌이 삶인데 누군가 강하게 나를 잡아줄 것 같은 편안함. 좀 기대어 쉴 수 있을 것 같았다.

서로에게 닿는 부분이 있었을 것이다. 그러기에 여섯 살 연상 여인의 나이는 숫자에 불과했겠지. 아니, 나이가 문제였다. 연상연하 커플이라니. 그것도 여섯 살이나 많은 노처녀(?)를 만난다는 것은 쉽지 않았다. 우리는 몰래몰래 사랑해야 했다. 나에게 아내의 나이는 중요하지 않았지만 세상의 편견에 대해서까지는 자유롭지 못했다.

우리 연애 스캔들의 결말은 사랑이 이겼다. 동생들을 따뜻하게 대해주는 사람, 같은 생각을 품고 있는 사람, 함께하고 싶은 생각이 더 중요했다.

나랑 결혼해 줄래?

우린 멋진 연애(?)를 했다. 아내는 책을 좋아했고 글쓰기를 좋아했다. 아내는 내게 숙제를 내주고 나는 아내를 만나기 위해 숙제를 했다.

책이라고는 고등학교 때 처음 읽은 《나의 라임오렌지나무》가 전부였는데 대학 교재보다 더 두꺼운 책을 주고 독후감 써오라 하니 참……

황대권의 《야생초 편지》, 장 지오노의 《나무를 심은 사람》, 안도현의 《연어》, 정말 많이도(?) 읽었다. 내 생애 가장 많은 책을 읽은 시간이었다. 시오노 나나미의 《로마인 이야기》는 정말 힘들었다. 그 덕에 나도 글솜씨가 늘었다.

시설 회지에 내 글이 매회마다 실렸고 사람들이 김양근 글 잘 쓴다고 칭찬도 해주고 좀 괜찮았다. 프러포즈도 시를 써서 했다. 돈 안 들이고 이쁜 마누라 얻은 셈.

우리 하늘 가서도 같이 살자

우리 하늘 가서도 같이 살자
너무 많은 것 주시는 하나님께
우리에게 좋은 것들 조금만 주시라 하고
변함없이 사랑하는 맘 가지고
같이 살게 해달라고 하자
사람들이 그곳에 있어도 좋고 없어도 좋고
커피 끓일 시간이 그곳에 있어도 좋고 없어도 좋고
그저 당신 좋아하는 비가 달빛처럼 쏟아지고

달빛은 비처럼 내려서
당신 앞에 새하얀 눈으로 쌓였으면 좋겠다
눈밭에서 꽃도 나고 사과도 났으면…
당신의 살 내음을 느낄 수만 있다면
꽃향기가 그곳에 있어도 좋고 없어도 좋고
그저 당신 좋아하는 달콤한 낮잠을
따뜻한 눈밭에서 같이 자고 싶다.

야생마 같은 나를 길들여 가정을 꾸리게 해주었으니 나는 결혼을 참 잘했다. 게다가 나의 첫 번째 꿈인 막내 여동생을 품고 살아주었으니 맨 날 무릎 꿇고 살아야 했다.

신혼 초부터 시누이랑 사느라 힘들었을 텐데 나는 그것도 잘 몰랐다. 누구랑 함께 사는 것이 얼마나 힘든 일인지 몰랐다. 철이 없었다.

몇 년이 지난 어느 날 코를 그렁거리며 잠든 아내의 모습을 보며 시 한 편을 써놓았다.

연상 마누라

애인처럼
친구처럼
엄마처럼
그렇게 내 곁에 있고 싶다던

당신은 연상 마누라

내 부족한 부분을 채워주고
어떤 상황에서도 보드랍던 당신은
어디로 가 버렸소
내 지갑에 항상
오만 원을 채워주고
연속 다섯 번 이상 전화를 안 받아도
이해해 주고
발을 안 씻고 자도
보드랍던 당신은
어디로 가 버렸소

내 지갑은 지가 지갑인 줄도 잊어버렸고
내 전화기 속엔 온통 당신 번호뿐이고
매일 샤워를 해야만 하는 나는
일만 하는 머슴 같아요

"당신! 나 아니었으면 장가도 못 갔어."
"나니까 당신 꼴 보고 살지."
"나 같은 여자 없다. 당신 여복 있어."
늘 해대는 당신의 말씀
나 완전 당신 말씀에 최면이 걸린 것 같아.
이 최면에 영원히 안 깨도 좋으니
이번 달 용돈 좀 주세요. 네?!

애 둘 딸린 유부남

결혼 생활은 쉽지 않았다. 중학생 때부터 거처 없이 옮겨 다니며 불안정했던 내가 어린 나이(28세는 어렸다)에 갑자기 가정을 꾸렸으니. 게다가 경제적인 어려움으로 더 힘든 삶이었다. 맞벌이를 해도 형편은 그대로였다. 그나마 처형이 살림집으로 내준 빌라에 빌붙어 살아서 집 걱정은 덜했지만 눈치 보이는 건 어쩔 수 없었다. 가장으로서 당당하지 못해 자존심도 상하고 그래서 싸움도 많이 했다.

첫째 태찬이가 태어났을 때는 사실 아무 생각이 없었다. 그때까지만 해도 결혼 생활에 익숙하지 않았다. 하고 싶으면 하고, 하기 싫으면 내팽개치는 무질서한 생활이었다.

어릴 때 부모를 잃어 가정이고, 가족이고 모두 흩어져 맘대로 살았던 삶에서 갑자기 가정을 이루고 아이가 생기다 보니 무거운 책임감에 눌려 도망치고만 싶었다. 그러다 덜컥 둘째까지 생기자 정신이 번쩍 들었다.

'오메! 어쩌다 애 둘 딸린 유부남이 되었구나.'

아이 둘을 키우며 몇 년은 그런대로 행복했다. 아이들 크는 것도 재미있고. 게다가 우리 애들이 좀 예쁜가, 아빨 닮아 햇살처럼 빛났다. 우리 아이들은 사랑을 많이 받고 자랐다. 나는 엄마 아빠가 있는 내 아들딸이 부러울 지경이었다. 참 어린애 같은 생각이었다. 그때도 나는 엄마 아빠에 대한 그리움을 품고 있었나 보다. 그래도 내 인생에 가정이 있고 아이들이 있고 잔소리하는 마누라도 있고 행복하다고 느낄 때가 많았다. 이대로 계속 살고 싶었다.

열심히 살다 보니 경제적으로도 여유가 생겨 참 좋았다.

시련은 행복한 시간을 가로질러 온다. 눈에 넣어도 아프지 않은 딸 태희가 아팠다.

중환자실에 있는 아이를 보면서 또다시 기도했다. 열다섯 살 때 엄마를 살려달라고 찾았던 하나님께 진심을 다해 또 부탁했다.

"하나님, 딸을 살려주세요. 살려만 주시면 예전에 서원했던 그 일을 하겠습니다. 아이 200명 키우겠다고 한 약속을 지키겠습니다."

다행히 아이는 건강해졌다. 대신 나는 큰 결심을 해야 했다.

약속을 지켜야 하는데 고민이 되었다. 서울 생활이 겨우 안정이 되었는데 둥지를 옮겨야 한다고 생각하니 싫었다. 아직은 젊고, 하고 싶은 것도 많았다.

어려운 결심을 해야 했다. 아이가 아픈 것이 꼭 내 잘못인 것 같았고 내가 힘들 때 나를 도와주셨던 많은 분에게 "저도 크면 아이들을 키우는 사람이 될게요. 도와주신 만큼 남을 돕고 살겠습니다"는 말을 입버릇처럼 하고 다녔는데 좀 살 만하니까 나 혼자 노력해서 잘 살게 된 것인 양 꿈을 외면했던 것이 죄책감으로 다가왔다.

고향으로 내려가야겠다는 결심을 했다. 쉬운 결정은 아니었어도 결심하고 나니 마음은 오히려 편안해졌다. 처음부터 다시 시작해야 한다

는 두려움도 많았다. 고향을 떠나온 지 10년이 넘었다. 다시 시작하면
된다.

영광 애(愛)

오뉴월 연두색 모
땅 맛보며 웃는다
논두렁 개구리 울음 방구방구 찼다

넘실넘실 고구마 순 골 따라 흐르고
약 오른 고추 툭툭 터져 나온다

거뭇수염 강냉이 지가 어른인 양
바람치는 깻잎 소리없이 나무란다

박꽃 지는 자리
희망 부풀고
접시꽃 벙거질 때

내 고향 영광
덩이덩이 차오른다

들로 산으로
뛰노는 내 새끼들
웃어라 까불어라

콩 여물대끼 여물어라

고~ 소리 들으며 행복에 늙어질 터이니,
과연 영광 촌놈으로 죽어도 영광이구나.

좌충우돌 농촌생활

시골살이는 만만치 않다. 고향이라고는 하지만 10년을 넘게 떠나 있
었고 다시 왔을 때는 이방인이었다. 텃세가 없을 수 없다. 지역사회와 함
께 살아가려면 내려놔야 하는 것들이 많다. 다행히 좋은 분들의 도움을
받아 조금 수월하게 정착할 수 있었다.

농사도 짓고 남의 목장에서 일도 하며 열심히 살았다. 남의 집 목장
일을 시작했을 때는 자존심도 상하고 자존감도 바닥이었다. 소처럼 일
만 했다. 새벽부터 밤까지 쉴 틈도 없이. 아이들을 키우겠다고 내려왔는
데 남의 축사에서 소젖 짜는 일만 하고 있는 내 모습이 초라해 속으로
울기도 했다.

덕분에 천하태평 낙천적인 성격에서 조금씩 부지런한 사람으로 소문
이 나기 시작했다. 어쩌다 그렇게 돼버렸다. 새벽에 나가 밤늦게 들어오
니 동네 사람들이 수군댔다.

"양근이 부지런한 사람이야. 새벽부터 밤까지 일만 해. 젊은 사람이

대단하네."

이런 소리를 듣게 되니 어쩌겠나. 소문을 사실로 만들기 위해 더 열심히 일했다.

열심은 새로운 길을 안내한다. 우리 가정에 새 가족이 생겼다. 보물이 찾아왔다. 지금도 그때를 생각하면 가슴이 뛴다. 수미와 재준이는 내 생애 두 번째 선물이다.

아이를 처음 만난 순간,

"와! 보물이다. 내가 보물을 찾았어."

일이 힘들지 않았다. 예전엔 열심히 살면서도 항상 희뿌연 안갯속을 걸어가는 느낌이었는데 햇살처럼 빛나는 아이들 때문에 신이 났다. 속에서 꿈틀대던 질문의 답을 발견하는 기분 좋은 피곤함 같은.

어느새 나는 활기찬 사람이 되어가고 있었다. 농사도 짓고 축사일도 하면서 하루하루가 정신없는데도 재미있었다. 우리 아이들 태찬, 태희 키울 때보다 더 좋았다. 제대로 어른이 된 기분. 이런 감정을 어떻게 표현해야 할까? 뿌듯한 것 같기도 하고, 아무튼 사는 게 다시 행복해졌다.

소도 키우고 닭도 키우고 이제는 아이들까지 키우게 되었으니 부자된 기분으로 하루하루가 감사했다.

사람은 참 간사하다. 생활이 안정되면 꼭 욕심이 생긴다. 남의 집에서 일하는 거 그만하고 내 사업을 해보고 싶은 생각이 들기 시작했다. 한쪽 마음은 아이들에게 있는데 또 한쪽 마음은 돈을 좇고 있었다. 돈 걱정

없이 살아보고 싶어졌다. 내 이름으로 축사도 사고 싶고 논도 사고 밭도 사고 이대로면 그냥 부자가 될 것 같았다.

시련이 시작될 징조였을까? 인생이 내 맘대로 되지 않았다. 갑작스러운 실직으로 평안했던 가정이 회오리 속으로 빨려 들어가고 말았다.

그동안 쌓아왔던 김양근의 좋은 이미지가 구설수가 되어 돌아왔다. 지역사회는 참 어렵다. 좋은 이미지를 쌓는 것은 오랜 시간이 걸리지만 사소한 실수 하나에 공든 탑이 와르르 무너진다.

자의 반 타의 반의 실직 생활은 아이들에게도 힘든 시간이었다. 한창 공부해야 하는 아이들이 문제였다. 학원조차 다닐 수 없을 만큼 경제적 타격이 있었다.

아내에게는 더없이 미안했다. 나름대로 최선을 다해 살아왔는데 마음먹은 만큼 안 될 때는 힘들다. 무심히 견디는 성격인데도.

원점이다 생각하고 뒤를 돌아보는 계기가 되었다. 무엇을 해야 할지 고민하는 시간이었다. 생각 없이 사는 거 좋아했는데 어쩔 수 없이 생각해야 했다.

누구나 힘들면 엄마가 떠오르는 걸까? 엄마가 간절히 그리웠다.

힘들어하는 아내에게 말했다.

"엄마 아빠 산소를 파묘해서 합장하자."

갑자기 생각이 났다. 시간이 많아서 그랬을까? 부모님을 한곳에 모셔야겠다는 결심을 했다. 두 분의 묘가 떨어져 있어 항상 마음에 걸렸는데 그 문제를 해결하고 싶었나 보다.

어려운 일이었는데 순조롭게 잘 마무리되었다. 응어리가 풀리는 것 같았다. 기분이 엄청 좋았다. 동생들에게도 당당히 장남 노릇을 한 것 같았다. 그때 써놓은 〈어머니〉 시가 마음을 다독여 주었다.

어머니

마른 씨앗
토닥여
땅에 묻은 지
벌써 서른 해

여적
기다려도
꽃 소식 없네
기척이 없네

가뭄에
잡풀마저
타버린 것이
구름 되고
이슬 되었나

세월이 찾아와
무릎 베고

누운 밤

나를 어르던 눈빛 그리워
슬퍼지려 할 때

아들 녀석 눈 속에서
보았네

참!
예쁘게 피었구나.

소닭 소닭

새옹지마 인생일까? 소와의 인연이 다시 시작되었다. 복이 많은 사람
이다, 나는. 어려운 순간순간 좋은 분들의 도움을 받게 된다. 소를 키우
는 친구의 도움(지금은 영광축협 조합장이 되었다)으로 다시 일을 하게 되었다.
이번엔 목장일이 아니라 한우 헬퍼일이다. 예전 일보다 쉬웠고 시간적 여
유도 있었다. 물론 경제적으로는 자유롭지 못했지만.

경제적으로 부족한 부분을 채우기 위해 닭을 키웠다. 닭과의 인연도
재미있다. 태희가 워낙 동물을 좋아해서 몇 마리 키우게 된 것이 가정경
제를 돕는 데까지 나아갔다. 청계는 파란 알을 낳는다. 거기에 일반 사료
는 먹이지 않고, 발효사료를 직접 배합하고 미생물 만드는 것도 배웠다.
닭장엔 냄새도 없고 건강에 좋은 알을 생산할 수 있었다. 작고 시시한 일

이라 치부할지 모르지만 그땐 절박했기에 최선을 다했다. 내 인생 중 가장 치열하게 살았던 시간인 것 같다.

아내는 닭을 키우고 나는 소를 키웠다. 남의 축사를 임대해서 소 두 마리로 시작했을 때 힘을 실어주신 분이 있었다. 정말 마음이 따뜻한 분이다. 송아지 값이 최고점을 찍을 때인데도 제일 좋은 송아지를 선뜻 주셨다. 밑천 삼아 키워보라고. 가슴이 먹먹할 만큼 감동이었고 감사했다. 지금도 그 소를 보면서 다짐한다.

'열심히 키워서 좋은 일에 사용해야지.'

소
_소 여물을 주며

되새겨야 해
천천히
어제 먹었던 거친 풀과
마른 콩깍지
이름 모를 풀까지도
다시 씹어야 해
잘게 잘게 부서져
소화될 때까지
반복해야 해.

답답할 때도 있지
눈물이 고이기도 해

그렇다고 되돌릴 순 없잖아

산처럼
서서
누워서
천천히 곱씹어야 해

목에 넘긴 까칠한 것들
살이 되어 붙도록
힘이 되어 차도록
견뎌내야지

내일은
밀린 논갈이
밭갈이 해야지
벼락같이 뻗어 서야지.

아이들을 키우자

기회는 부지런한 자에게 온다. 아니, 포기하지 않는 자에게 오는 것 같다. 나는 성격이 소를 닮았다. 느리고 태평하고 좋은 게 좋은 거라고 매사에 낙관적이다. 큰일도 대수롭지 않게 넘기고 좋은 일이 있어도 크게 기뻐하지도 않고, 물에 물 탄 듯 술에 술 탄 듯 흘러가는 대로 몸을 맡기며 산다. 그런데 포기하지 못하는 한 가지가 있었다. 내 몸의 세포가 듣고 기억하고 있는 이야기.

"양근아, 너는 아이들을 키워야지. 아이들 200명은 키워야지."

부모를 잃고 고아가 되었을 때 나는 아무것도 할 수 없는 어린아이였다. 그런 나에게 도움을 주신 분들이 없었다면 지금의 내가 어떻게 있었을까? 물질적으로도 정신적으로도 혼자서 해낸 게 없다. 받은 만큼 보답하며 살아야 한다. 내 몸이 기억하고 있는 일, 아이들을 키우는 일을 해야겠다고 결심했다. 제일 가치 있는 일이라는 것을 경험했으니까.

아동 청소년 시설 그룹홈(group home)을 시작할 때 도움 주신 분들이 많았다. 살 만한 세상이다, 여전히. 고마우신 분들을 적으면 책 한 권이 넘을 것 같다. 내가 좋아서 하는 일인데 물심양면 도와주시는 분들이 있었다.

시설에서 같이 자란 동생들도 응원해 주었다. 동병상련의 마음이다. 형님이 아이들을 키운다고 하니 정말 기뻐해 주었다. 남기(시설에서 같이 자란 동생)는 자신이 운영하는 택배 카페를 공식 홍보 카페로 운영하며 회원들에게 본인도 고아인 것을 고백하고 후원자를 모집해 주었다. 한 푼 두 푼 모아주는 마음이 고마웠다. 생각하면 할수록 멋진 녀석이다. 동생들이 지켜보고 있으니 더욱 긴장을 놓을 수 없었다. 더 열심히 살아야겠다고 다짐하게 하는 놈들이다.

대가족을 거느리니 얼마나 행복한가? 꿈은 이루어졌다. 아이들이 다

모인 식탁에서 함께 밥을 먹을 때 제일 행복하다. 맛있는 음식이 아이들 입으로 들어가는 것만 봐도 뿌듯하다. 아이들이 크면 집을 지어주고 싶다. 뿌리를 내리게 해주고 싶다. 진짜 가족으로 만들어주고 싶다. 마음의 상처가 남지 않게 해주고 싶다. 아이들 곁을 떠나지 않고 그들 곁에 저 푸른 초원 위에 그림 같은 집을 짓고 사랑하는 아이들과 한평생 살고 싶다.

2부

우당탕탕
갈록마을, 함께 살아가기

성_姓이 다른 한 가족

날이 추워지면서 아이들의 기상이 힘들어진다. 몇 번을 깨워도 꾸물거리다 이불 속으로 파고 들어간다. 어른이 된 엄마도 겨울 아침 이불의 무게를 걷어내기 힘든데 너희들이야 오죽하겠냐만 그래도 어쩌겠냐, 일어나 학교 가야지.

첫 번째 소리, "사랑하는 공주들아, 일어나자."

두 번째 외침, "안 일어날 거야? 시간 다 돼간다."

세 번째는 소리가 없다. 꽁꽁 싸매고 있는 이불을 걷어내고 불을 켠다. "굿모닝! 아침이다."

우리 집 아침 메뉴는 다양하다. 우유와 시리얼이 있다. 밥 먹기 싫어하는 초등학교 6학년 딸은 그나마 우유에 시리얼은 먹기에 꼭 챙긴다. 조물조물 주먹 김밥이 있다. 밥과 김치 아니면 안 되는 중학교 1학년 딸을 위해서다. 한쪽으로는 과일을 몇 개 깎아 놓는다. 바쁜 고등학생 큰아이는 아침을 식탁에 앉아 먹을 시간이 없다. 통학차를 타기 직전 주섬

주섬 깎아 놓은 과일 몇 개를 입에 몰아넣고 달려야 하기 때문이다. 후식으로 과자 몇 종류도 자리를 차지하고 있다. 아침밥을 먹고 난 다음에도 꼭 간식을 챙겨야 하는, 조금은 걱정스럽게 살이 오른 녀석의 요구사항이다.

화려한(?) 아침 식사가 끝나면 두 번째 전쟁이 시작된다. 화장실이 세 개나 있는 집에 살고 있지만 눈치 싸움이 치열하다. 먼저 들어간 언니는 무엇을 하는지 나올 생각이 없다. 급한 마음에 발을 동동 구르던 녀석은 두 번째 화장실을 찾지만 역시나 먼저 차지한 경쟁자로 인해 뒤처지고 만다.

긴긴 시간을 보내고 나면 시계는 7시 30분을 알린다. 아이들은 가방과 문제집을 챙겨 거실에 앉아야 한다. 엄마가 만든 가장 힘들지만 유익한 시간이라 자칭하는 아침 공부 시간이다. 중학생 이상 언니들은 약 10분 정도 수학 문제를 풀고 학교에 간다. 어린 동생들은 대략 30분 정도를 앉아 책을 읽거나 공부를 한다. 시간으로 따지면 길지 않지만 아침에 이런 시간을 만든다는 것은 조금 벅찬 일이다. 그래도 몇 년에 걸쳐 습관화된 규칙이다. 엄마도 예외 없이 아이들 틈에 앉는다. 책을 읽거나 다른 공부를 하거나다.

10분을 넘기지 못하고 화장실에 들락거리는 아이, 몸을 비틀며 짜증내는 아이, 문제집만 멍하니 쳐다보는 아이, 다양한 모습이지만 그래도 엄마는 이 시간을 가장 사랑한다. 아이들과 마주 앉는 아침 첫 시간. 하루를 이야기하고 문제 풀이 과정을 봐주기도 한다. 학교에서 있었던 이

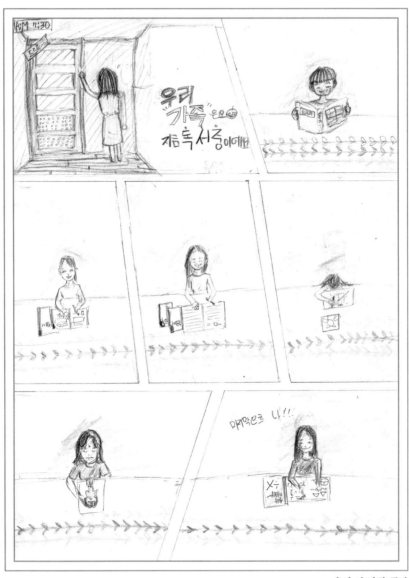

우리 집 아침 풍경

야기도 나누고, 친구들도 등장한다. 때로는 서로가 서로를 일러바치는 공갈 협박(?)의 시간이기도 하지만 엄마는 이런 아침 풍경이 참 좋다.

8시가 되면 가방을 들고 학교에 간다. 막내 아이는 반드시 챙겨야 할 물건을 버릇처럼 두고 간다. 오늘도 수영 가방이 혼자 외롭다. 아침에 몇 번을 말해놓고 확인하고 책가방 옆에 딱! 두었는데도 "다녀오겠습니다" 이후에 가보니 떡 하니 주인으로부터 외면당한 수영 가방을 발견한다.

학교에 도착한 후에야 알아차린 녀석은 선생님을 대동해서 전화를 한다.

"어머니! 은지가 오늘도 수영 가방을 놓고 왔어요. 어떻게 할까요? 이번에는 약속대로 그냥 수영을 쉬게 할까요?"

마음 약한 엄마는 수영 가방을 들고 학교까지 헐레벌떡 달려야 한다. 멋쩍은 듯 웃음으로 때우려는 아이를 뒤로하고 집에 돌아오면 9시가 훌쩍 넘어가는 시간이다.

보통의 가정에서 일어나는 사소한 일들이다. 아빠 엄마가 있고 아이들이 있다. 다만 서로 성(姓)이 다른 조금 많은 아이들이 한 가족을 이룬 공동생활가정(그룹홈)의 아침이다.

가족사진 찍는 날

지난 연말부터 가족사진을 찍기 위해 날짜를 잡았지만 해를 넘기고 말았다. 대가족 우리 집은 서로가 너무 바쁘다. 큰녀석 시간에 맞추자니 막내 학원 시간과 안 맞고. 어린애들 중심으로 시간을 짜놓으면 오빠의 아르바이트 시간과 어긋난다. 또 어렵게 시간을 맞추면 사진관 사장님이 바쁘다고 안 된다 하신다.

새해가 되어 겨우겨우 조금씩 시간을 양보해서 날을 잡았는데 이리저리 싸돌아다니던 언니가 코로나 감염으로 또다시 일정을 취소해야 했다.

상심한 나를 위로하듯 남편이 툭 던지듯 말했다.

"그분 있잖아, 그분. 당신이랑 같이 아카이빙 활동하는 사진작가. 뭐, 사진을 꼭 스튜디오에서만 찍어야 하나. 그분께 부탁해 봐, 집으로 오셔서 찍어주실 수 있는지. 그분도 장비 다 있고 사진 잘 찍는다며."

그렇지. 한번 부탁이나 해보자 했는데 흔쾌히 도와주신다는 말씀에

감사했다.

　시간을 정하고 집으로 모셔오기로 했다. 그런데도 큰오빠는 또 아르바이트 때문에 날짜를 못 맞추었다. 결국은 큰오빠는 빼기로 하고 남은 가족들만 모였다.

　드디어 그날, 멋진 사진작가님이 어마어마한 장비를 챙겨오셨다. 아이들은 재미난 일을 만난 듯 까불고 야단이었다. 열한 명의 가족이 한곳에 모여 집중하기가 어디 쉬운가. 거실과 주방을 뛰며 장난치는 막내, 조용히 하라며 소리치는 아이, 빨리 찍고 사라지고 싶은 언니들, 예쁜 인생 샷을 찍기 위해 얼굴에 찍고 바르고 야단인 중학생들. 어렵게 모셔온 작가님께 폐가 될까 봐 전전긍긍하는 엄마.

겨우 포즈를 취하고 단체 사진 한 장 찍었다. 한 프레임에 온 가족이 다 들어가기 힘들어 다닥다닥 붙어서 자세를 잡았다.

"자, 웃어보세요, 하면 잘 안 웃지? 하하 좋아요, 하하 해봐요."

단체 사진을 찍고 몇몇씩 나누어 찍고, 엄마 아빠랑 찍고.

아빠는 웃는 게 어색해서 힘들었다. 어릴 때부터 힘든 일만 겪다 보니 웃지를 못했다. 억지로라도 웃겨보려고 겨드랑이를 찌르고 간지럼도 태우며 미소를 짜내야 했다.

사춘기 딸은 사진 찍는 게 싫다며 자리를 피하는 통에 단체 사진을 찍는 데 애를 먹었다. 어르고 꼬시고 윽박지르며 겨우겨우 한 컷 한 컷을 채웠다.

막내는 얼마나 주위가 산만한지 도대체 한군데를 바라보며 집중하는 시간이 5초를 넘기지 못한다. 한껏 멋을 낸 언니는 배꼽이 다 보이는 옷을 입고 연예인 포즈를 취하며 예쁜 척이다.

20년 세월 함께한 엄마와 아빠는 다정이 지나쳐 한 몸이 되어 신나는 모습이다.

작가님은 사진을 찍은 뒤 컷이 600장 정도 되겠다고 하셨다. 남편, 눈이 동그래져서 하는 말이 더 웃겨.

"아니, 그럼 필름 값이 얼마나 되는 거야?"

"아니, 당신은 어느 시대에 살고 있는 거죠? 필름이라니."

함께한다는 것, 그것만으로도 재미있는 우리 집. 외롭고 힘든 사람들이 모여 사는 곳이지만 공기는 늘 따뜻하고 훈훈하다.

작가님은 밤새 사진을 정리하고 다음 날 바로 전화하셨다. 아이들의 재미난 표정을 보는 게 즐거웠다고 하신다. 사진 속에 성격이 드러나 있어서 보는 내내 좋았다고 하셨다.

저녁에 아이들과 함께 정리된 사진을 보며 한바탕 더 웃었다. 다양한 표정들이 한곳에 모여 행복을 담아놓은 사진. 멋지다.

소문에 웃다

오랜만에 딸 친구 엄마랑 수다를 떨었다. 오랫동안 알고 지내온 사이라 언제 만나도 편한 언니 동생 사이다. 차 한 잔을 놓고도 몇 시간을 훌쩍인다. 초등학생 엄마들이 그렇듯 이야기 내용은 아이들이다. 자랑이고 염려이고 걱정이지만 아이들을 사이에 두고 친밀함을 나누는 시간이다.

대화 중 나는 깜짝 놀랄 사실 하나에 박장대소다.

"참, 언니, 글쎄 예지 엄마가 말야, 언니 얘기를 하는데 얼마나 웃겼는지 몰라."

"뭔데, 무슨 얘기가 그렇게 웃겨?"

"엄마들 사이에 언니가 재가했다고 소문이 돌았잖아. 언니가 큰애 둘을 데리고 형부와 재가해서 또 애를 둘 낳은 거라고 말야."

"하하하…… 뭐야? 그게 무슨 소리야?"

"그러니까, 태찬이랑 태희가 언니 자식이고 수미랑 재준이는 재혼한 남편 사이에서 낳은 아이라고 소문이 났대."

"하하하…… 그래서 뭐라 했는데?"

"아니라고 했지. 잘못 안 거라고. 그랬더니 그 엄마 완전 놀랐잖아. 엄마들 사이에선 그렇게 소문이 나 있다고."

진짜 놀라 자빠질 소문이다. 하지만 생각해 보면 그럴 만도 하다며 같이 웃고 말았다.

남편보다 내가 여섯 살이나 많은 연상연하 부부이니 그것부터가 궁금증을 자아내기 충분한 소재이기도 하다. 그뿐인가, 아이들은 또 얼마나 많고. 고등학생 아들딸에 터울이 한참 있는 초등학생까지 밑으로 줄줄이 엄마라 부르며 같이 사는 아이들이 몇인가? 별나게 특별한 우리 가족의 그림을 보면 그들의 오해는 정당(?)하고도 남는다.

다시 생각해 보면, 그런 소문을 듣는 나는 아주 잘 살고 있는 것 아닌가. 서로 다른 아이들을 한집에 품고 살고 있는데 타인의 눈에 가족으로 비쳤다면 나는 진정한 가족을 이룬 것이다.

남편과 함께 만든 작은 공동체. 우리 부부는 상처받고 버림받은 아이들을 품는 일을 꿈꾸며 꾸린 아동 청소년 보호시설의 엄마 아빠다. 서로 다른 환경과 상황을 끌어안고 가족을 만들었다. 그런 가족을 바라보는 시선이 그러하다면 나와 남편은 일을 잘하고 있는 것이다.

집에 와서 남편에게 소문을 이야기했다. 남편의 반응이 더 웃기다.

"그렇게 알고 살라고 해, 그냥. 뭐 어때? 오히려 잘된 일이구면. 아이들이 상처받지 않게 가족으로 알고 있으니 다행이지, 뭐."

우리는 천생연분이다. 어쩜 당신 생각과 내 생각이 똑같냐며 혹시 우리 진짜 재가 부부 맞는 거 아니냐고 한바탕 더 웃는다.

시대가 변하면서 가족관계도 많이 달라졌다. 어쩌면 우리는 변화하는 가족관계를 새롭게 만들어가고 있는 것일 수 있다. 혈연만 고집하던 가족문화가 바뀌고 있다. 그 중심에 우리가 선도적 역할을 하고 있으니 이보다 멋진 일이 어디 있는가. 함께 사는 아이들도 입에 달고 사는 가족이라는 낱말이 어색하지 않다.

우리 집 책벌레인 막내아들이 가족이란 한자 뜻을 풀이해 준 것이 생각난다. 가족, 집 가(家)에 발 족(足) 자를 써서 발이 한집에 같이 있으면 가족이라고. 얼마나 멋진 표현인가. 저녁이면 발들이 모두 집으로 들어온다. 신발장에 가득 찬 신발이 우리 모두는 가족임을 말해준다.

온 동네가 아이를 키운다

농악 대회가 있는 날이다. 우리 가족 모두가 함께 배운 농악을 자랑할 수 있는 기회다. 일주일 2회 두 시간씩 연습한 결과를 보여주는 날이기도 하다.

아침부터 바쁘다. 다들 밥을 먹는 둥 마는 둥이다. 많은 사람들 앞에서 공연을 한다는 것에 들뜬 아이들에게 아침밥은 귀찮다. 서둘러 영광스포디움 대회장으로 출발이다. 먼저 온 팀들은 벌써 옷을 입고 악기를 메고 연습 중이다.

아이들이 속한 불갑농악대는 80대 할아버지부터 우리 집 막내 초등학교 2학년까지 세대를 넘어 화합을 이룬 팀이다. 1등은 못 해도 화합상정도는 받을 가능성이 있는 특별한 팀인 것이다.

마지막 순서까지 기다리는 시간은 지루했지만 끝까지 버텼고 최선을다했다.

난생처음 상쇠를 맡은 아빠는 전문가 못지않게 훌륭한 연기를 해주었다. 대회를 마친 아이들은 긴 시간 농악 옷을 입고 있느라 힘들었는지 끝나자마자 옷을 벗어던지며 환호성을 지른다. 함께 해주신 어른들은 아이들이 참여해 준 것만으로도 기특해서 칭찬이다.

저녁이 되자 대회를 마친 회원들이 식당으로 아이들을 초대했다. 우리 팀이 화합상을 받았다는 소식을 전하자 박수가 쏟아졌다. 세대를 넘어 화합한 그 공로가 인정된 것이다. 남녀노소가 한마음이 되어 이룬 성과였다. 감사한 시간이었다.

농촌은 늙어가고 있다. 아기 울음소리가 들리지 않은 지 오래다. 동네마다 아이들이 놀던 풍경도 사라졌다.

적막해진 농촌에 재잘재잘 아이들 소리가 들리기 시작한 건 불갑농악대에 우리 아이들이 입장하고부터라고 생각한다.

80세 어르신부터 초등학교 2학년 아이까지 참여하는 모임, 흔치 않은 조합이다. 요즘은 MZ세대니 뭐니 해가며 세대를 나누고, 함께하는 것을 꺼려하는 시대 아닌가.

불갑농악대는 시대를 역행하듯 남녀노소가 함께 어우러져 농악 한마당을 이루었다.

할머니 할아버지가 없는 우리 아이들에게 지역 어른들께서 할아버지 할머니가 되어주셨다. 아이들의 웃음소리를 듣기 힘든 농촌 어른들은 아이들이 재잘거리는 소리에 행복해하신다. 그 속에서 아이들이 자란다.

상쇠 아빠를 따라 농악 대회에 참가하여 화합상을 받다.(큰딸 태회 그림)

아이 하나를 키우기 위해서는 온 마을이 필요하다는 아프리카 속담처럼 아이들은 동네 어른들 속에서 배우고 자라고 있다. 그 결과가 오늘 화합상으로 주어졌으니 모두가 기쁘고 감사할 일이다.

늙어가는 농촌에 희망을 주는 아이들이 있고 그 마을에 아이를 키워주는 어른이 계시니 농촌의 미래는 어둡지 않다. 더불어 살아가는 아름다운 지역 공동체의 어울림이 좋다.

이웃사촌

"은지야! 이거 옆집 이든이네 드시라고 갖다주고 와라."

"네, 엄마. 근데 윗집은 누가 가요?"

"윗집 장로님네는 미희가 갔다 와."

한여름 수박 한 통으로 윗집 아랫집이 시원해졌다. 아이들은 심부름을 좋아한다. 특히 엄마가 만든 음식을 이웃집에 갖다 바치는(?) 일에는 누가 먼저랄 것도 없이 달려든다. 그도 그럴 것이 심부름을 하고 나면 주는 것보다 뭔가를 더 얻어오기 때문이다.

"엄마! 이든이 엄마가 고맙다고 과자 주셨어요."

"엄마! 장로님께서 잘 먹겠다고 하고 사과 주셨어요."

이러니 아이들은 심부름이 떨어지면 엄마 앞으로 번개처럼 줄을 선다.

우리 마을 이름은 갈록이다. 갈(渴), 록(鹿) - 목마른 사슴이라는 뜻이다. 마을 앞에는 전국에서 다섯 번째로 크다는 호수가 있다. 아주 옛날

목마른 사슴이 내려와 물 마시고 갔다는 불갑호수의 겨울

사슴이 살았을 때는 목마른 사슴이 호수에 내려와 물을 먹고 갔다는 이야기가 있는, 그래서 마을 이름이 갈록이 되었다 한다. 지금도 간간이 노루며 고라니 등이 물을 찾아 호수로 내려오는 모습을 볼 수 있는 아름다운 곳이다.

우리 아이들에게 갈록마을은 목마른 사슴이 물을 찾아 헤매는 곳이 아니다. 동네 이웃들과 더불어 사는 이야기가 있는 행복한 마을이다.

아이 하나를 키우려면 온 마을이 필요하다는 아프리카 속담이 있지만 갈록마을은 속담이 아닌 진짜로 마을이 아이를 키우고 있다.

할머니도 있고 이모도 있다. 삼촌도 있고 동생도 있다. 혈연은 아니지만 많은 것을 공유한다.

몇 년 전 위기 아동을 위한 작은 보금자리를 마련한 우리(엄마와 아빠)는 마을과 함께 아이들을 키운다.

부모로부터 혹은 사회로부터 소외된 아이들에게 갈록마을은 포근한 작은 공동체를 만들어주었다. 이웃이 되어주었다. 내 자식 네 자식이 아닌 우리 모두의 아이들로 받아주었다.

설날이 되면 아이들은 모두 세뱃돈 받을 생각에 기대가 치솟는다. 세배하는 아이들이 많아 주머니가 탈탈 털리지만 마을 어른들은 그것이 행복이다.

"엄마, 저는 세뱃돈이 10만 원도 넘어요."

"엄마, 저는 올해 중학교에 간다고 다른 애들보다 더 많이 주셨어요."

세배가 끝나면 마을 사람들이 모두 모여 윷놀이를 한다. 윷놀이 한 판을 끝내려면 하루가 부족하다. 사람들이 많다 보니 편을 나누는 것부터 시작해서 규칙을 만들고 이긴 사람 진 사람 벌칙을 정하는 것도 한나절이다.

사라져가는 농촌 마을에 아이들의 웃음소리가 메아리로 울리는 곳이다. 넓은 마당에 노을이 내려앉으면 학교를 마치고 돌아온 아이들 소리가 마당을 채운다. 퇴근하던 이웃집 어른이 들어오는 시간, 모두 한소리로 "다녀오셨어요?" 외친다.

밤늦게까지 공부하는 고등학생 언니가 피곤한 몸을 이끌고 집에 들어와 밥솥에 밥이 없으면 아이들은 금세 말한다.

"엄마, 제가 옆집에서 밥 한 그릇 달라고 할게요."

빠르게 차려진 밥상은 옆집에서 만든 된장국과 윗집에서 만든 돼지

왁자지껄 갈록마을의 저녁 식사

먹는 일에 집중하느라 밤이 깊어가는 줄도 모르는 마을 식구들고기 주물럭이 찬으로 올라온다. 함께한다. 많은 것을 함께한다.

마을이 아이를 키워준다. 아이들은 스스럼없이 마을 속에서 자란다. 어른들에게 인사하는 법을 배우고 이웃집에 들어갈 때는 어떻게 해야 하는지를 안다.

옆집 아이가 혼자 놀면 데리고 와서 같이 놀아준다. 놀다가 엄마가 오면 스스럼없이 한 식탁에 앉아 밥을 먹는다. 그러다 시간이 되면 "안녕, 잘 자고 와"가 인사다.

옛날옛날 아주 오랜 옛날 동화 같은 이야기 아닌가 생각할 수 있는 곳이 우리 마을이다. 이곳은 지금 목마른 사슴은 없지만 목마른 아이들이 함께 모여 마음의 목을 축이는 아름다운 공동체, 갈록 이웃이 있다.

냉장고가 필요해?

반평생을 사는 동안 경품 추첨이나 이벤트에 단 한 번도 당첨되지 못한 운 없는 인생을 살아온 나. 가끔 남편은 좋은 꿈을 꿨다며 로또를 산다. 그런 남편에게 무슨 말도 안 되는 꿈을 믿냐며 면박을 주곤 한다.

"로또는 번개 맞을 확률보다 어렵다잖아. 그 돈으로 먹는 걸 사서 드세요."

행운을 맛보지 못한 나는 남편의 화려한 로또 꿈을 지켜줄 수 없다. 동네 마트의 경품 추첨에도 한 번 뽑힌 적이 없는 인생이니 나의 운 없는 믿음은 확신에 가깝다고 할 수 있다.

어머나, 그런 나에게 찾아온 인생의 행운이라니?

우리 마을은 해마다 노인위안잔치를 한다. 청년회에서 진행하는 행사에 처음으로 남편과 함께 참여했다.

아이들이 다니는 학교 체육관을 빌려 해마다 치르는 행사지만 꽤 많은 인원이 모인다. 우리 부부는 작년부터 배운 농악팀으로 찬조 출연까지 하게 되었다. 기분 좋은 마을 잔치에 겸사겸사 봉사도 하면서 온종일 자리를 지켰다.

　행사에 따라붙는 것은 경품 추첨. 참여하는 모두에게 번호표를 주고 행사 중간중간 추첨을 통해 선물을 준다. 행운번호 368번을 받았다. 뭐 형식적으로 받아 주머니에 넣고 있었지만 번호도 외우지 못했을뿐더러 관심도 없었기에 잊고 있었다. 어르신들의 음식 서빙을 하면서 경품 추첨하는 것을 보았지만 주의를 기울이지 않았는데.

　"368번 당첨입니다. 없으면 넘어갑니다. 368번!"
　옆에서 서빙을 돕던 큰아들이 몸을 돌리며 엄마를 향해 소리친다.
　"엄마! 엄마 368번 아니에요? 맞는 것 같은데."
　"엥? 그런가."
　서둘러 앞치마 주머니를 찾아본다.
　"없습니까? 다음 번호로 넘어갑니다."
　"아~ 안 돼요. 있어요. 저예요, 저. 제가 368번이에요. 저라니까요!"

　이런 번개 맞을 일이 있나. 주머니에 '368'이라고 써 있는 종이가 있다. 거의 신들린 모습으로 뛰고 달리고 춤추며 추첨함 앞으로 갔다. 상품은 농사용 손수레. 하지만 그게 중요한 게 아니다. 번개 맞을 확률을 뚫고 경품에 당첨된 운 트인 날이 아닌가.
　학교에서 놀던 아이들도 엄마의 경품 당첨 소식을 듣고는 난리다. 경품에 당첨된 것이 무슨 대학 시험에 합격한 것보다 더 신나는 모양새다.

"애들아, 이제부터 엄마는 운 트인 엄마다. 앞으로 일주일에 한 번씩 로또를 살 거야. 왜냐? 엄마는 행운의 여신이니까. 엄마가 로또에 당첨되면 너희들 모두 해외여행 보내줄게. 기대해!"

시간은 흘렀고 엄마는 다시 운 없는 일상으로 복귀했다. 로또 1등은 커녕 천 원짜리 한 장도 아까운 돈. 시들해진 로또의 꿈이다.

하지만 인생이 꼭 그런가. 행운권 2탄 사건 발생.

한 단체의 송년 모임이 있어 참석했다. 행사에는 역시 경품 추첨 이벤트가 꽃이다. 번호표를 받았지만 관심이 없었다. 추첨권을 함께 온 지인에게 주면서 당첨되면 제 것까지 가져가라고 쿨(?)하게 양보하고 다른 약속이 있어 나왔다.

아뿔싸! 이것이 실수였다. 행운은 기다리는 자에게 온다는 것을 신은 왜 말해주지 않은 것인가. 믿기지 않을 일, 내가 받은 번호표가 마지막에 1등 당첨 번호였다는 소식을 전해 들었다. 하지만 자리에 없었던 관계로 다른 사람에게 1등이 넘어갔다는. 선물이 뭐냐고 물었더니 '냉장고'란다.

"냉장고? 어떡해! 냉장고! 내가 제일 필요로 하던 것인데."

그러잖아도 오래된 냉장고가 고쳐도 고쳐도 말썽이라 남편에게 냉장고 좀 사달라고 노래를 부르던 중이었는데 당첨된 경품이 냉장고였다니.

날아간 냉장고가 다시 돌아오길 바라는 마음을 그림으로…

"그러니까, 엄마, 왜 나왔어요? 끝까지 기다렸어야죠. 냉장고가 날아 갔잖아요. 아까워서 어떡해요."

아이들의 핀잔이 이만저만이 아니다. 경품 행운을 날려버린 엄마도 몇 날 며칠 속이 상해 죽을 지경이었다. 만나는 사람마다 나의 슬픈 행운에 대해 토로하며 위로를 청했다.

슬픔이 하늘에 닿았을까? 날아가던 행운이 나에게 돌아와준 걸까? 모르는 번호로 전화가 떴다. 무심코 받은 전화 속 행운의 여신! 그 명랑하고 활기찬 소리가 들린다. 불갑면의 어떤 분이 지정 기탁을 해주셔서 필요한 물건을 살 수 있다는 것이다.

'냉장고!'

행운이 제집을 찾아온 순간이다. 당당하게 아이들에게 말한다.

"엄마가 행운을 다시 붙잡아왔다. 냉장고가 생길 거야."

자초지종을 설명하는 엄마는 기분이 얼마나 좋은지. 모두에게 행운
이 깃들기를 기도할 만큼이다.

동병상련

후원자 한 분의 방문이 있는 날이다. 오후 5시가 되어 후원자님이 도착했다. 후원자님도 보육원(그때는 고아원이었으나 지금은 보육원으로 이름이 변경되었다) 출신이라고 자신을 소개했다.

아이들은 '보육원'이라는 말 한마디에 어색하고 불편한 마음이 사라졌다. 그저 오랫동안 알고 지낸 삼촌이 되어 금세 친해졌다.

각자 자기소개를 하고 별명도 알려주고 꿈도 이야기해 주었다. 우리 아이들은 함께해주는 그 자체가 좋아서 까불고 웃고 재미있다.

아이들의 마음을 잘 읽어주는 후원자님이 퀴즈를 낸다. 한 문제당 얼마를 걸고 시작한 퀴즈게임에 아이들은 온몸을 던진다. 문제 하나를 맞히면 먹고 있던 귤 한 개를 준다. 귤을 다섯 개 가진 아이, 두 개 가진 아이, 아홉 개 가진 아이도 있다.

문제는 아주 쉽다. 엄마 아빠의 생일 맞히기. 이것은 기본이라며 낸 문제인데 맞힌 녀석이 하나도 없다. 와, 실망, 대실망이다.

두 번째 문제는 영광 인구가 몇 명인지, 영광과 가장 근접한 다른 지역 이름 말하기, 우리나라 전체 인구수 맞히기 등 기본적인 문제를 내주셨다.

문제를 내고 답을 맞히는 과정을 바라보는 나는 내내 감동이었다. 아이들과 호흡을 맞춰주는 것도 멋졌고 일반 상식이 풍부한 것도 놀랐다.

그다음은 루미큐브 보드게임이다. 아이들이 좋아하는 배스킨라빈스 아이스크림 내기다. 세 팀이 되었다. 아빠 팀, 엄마 팀, 삼촌 팀(이미 우리 아이들은 후원자님이 삼촌이 되었다). 엄마를 제일 좋아하는 우리 막내는 당연히 엄마 팀이 되겠다고 했지만 다른 아이들은 처음 만난 삼촌이 좋다며 삼촌 팀에 합류했다. 인기가 없는 아빠는 나중에 팀이 꾸려졌다.

루미큐브는 숫자 놀이다. 아이들과 시간 나면 했던 게임이라 자신 있게 도전했다. 후원자 삼촌도 아들딸과 했던 게임이라며 자신 있어 했지만, 엄마 팀에 완패다. 아이스크림은 꼴찌 팀 삼촌이 사주었다.

시간 가는 줄 모르고 놀다 보니 벌써 11시가 넘었다. 아쉽지만 초등학생들은 내일을 위해 자게 하고 중고등학생들과 엄마 아빠는 삼촌과 함께 2차 나눔에 들어갔다.

삼촌의 생생한 삶을 나누기 위해 차 한잔에 둘러앉았다. 아주 어린 시절 보육원에서 자신의 삶이 시작되었다고 했다. 동병상련(同病相憐)이라고 아이들은 늦은 시간인데도 진지하게 삼촌의 인생 강의(?)에 열중했다.

상처받기 쉬운 생활, 비관적이고 부정적인 생각이 자연스러운 환경인데도 삼촌은 절대 긍정, 절대 확신을 갖고 삶을 펼쳐가고 있었다. 나는 그것이 알고 싶었다. 강의를 마치고 나눔 시간을 만들어 질문을 했다.

"그런 환경 속에서 자라면서 어쩌면 그렇게 긍정적인 생각과 확신을 가지고 살 수 있었나요? 계기가 있었을 것 같아요."

역시 예상대로 삼촌의 인생을 이렇게 멋지게 만들어낸 건 '책'이었다고 말했다. 순간순간 좋은 책을 읽었고 그 책 속에서 희망을 보았다고. 더불어 자신을 이길 수 있는 위인전을 찾아 읽었다고. 그것이 오늘의 인생을 만든 거름인 것 같다고.

나는 다시 한번 답을 찾은 것 같아 마음속으로 소리를 질렀다.

'그래, 내 생각이 맞아. 아이들에게 책을 읽혀야 해. 현실의 벽을 뛰어넘을 수 있는 힘은 책에 있어. 그 누구의 어떤 위로에도 선택하고 결정하는 일은 자신의 몫인 거야. 책은 그 열쇠를 쥐고 있어. 책을 읽혀야 해. 그래서 스스로 헤쳐나갈 수 있도록 해주어야 해.'

혼자서 감격하고 있는 동안 시간은 벌써 새벽 2시를 넘기고 있었다. 아쉬운 마음을 뒤로하고 삼촌은 다시 서울로 갔다.

아이들을 키우는 일은 정말 재미있다. 오만가지 일들이 가지 많은 나무를 흔들어대지만 그래도 괜찮다. 흔들리면서 피지 않는 꽃은 없다고 어느 시인이 말하지 않던가. 중심을 꼭 잡고 서 있으면 흔들리는 과정이 삶의 거름이 되어 더 단단하고 멋지게 성장할 거라 믿는다.

신상 다 털려

손님이 오셨다. 먼 길을 마다하지 않으시고 방문해 주신다니 엄마는 며칠 전부터 마음이 바쁘다. 아이들에게도 말해놓는다.

"얘들아, 금요일에 서울에서 귀한 손님이 오셔."
"서울에서요? 엄마 오빠예요? 친척이에요? 몇 시에 오세요? 왜 오세요? 무슨 일 하세요……?"

귀한 손님이라는 말에 궁금증 폭발, 신상 털기가 시작된다. 목마른 아이들에게 손님은 오아시스다. 간간이 방문하는 후원자를 대하는 아이들의 마음이다. 엄마가 있고 아빠가 있어도 외롭다. 같이 북적대며 살아도 뚫린 마음 어디쯤 감정의 갈증은 어쩌지 못하는 것 같다.

"엄마가 사랑하는 오빠, 신문사 기자님, 교수님, 출판사 사장님."
"와~ 진짜요. 교수님이 오세요? 우리 집에요? 사장님은 돈 많겠네요?"

최선을 다해 설명해 주어도 기승전 돈으로 마무리 짓는 멋진 우리 막내다.

금요일은 아이들에게 최고의 시간. 힘든 학교생활을 마치고 악기 연습까지 끝내고 나면 완전 자유다. 일주일의 긴장이 풀린 집안은 시끌벅적인데 거기에 손님이 오시니 오죽하랴.

소개가 시작된다.

"나는 성이 손이야, 손수호."

"성이 손이에요? 손 씨도 있어요?"

"나는 전이야, 전정희."

"우리 엄마도 전이에요. 엄마 오빠예요? 친척이에요?"

"나는 출판사를 운영해."

"그럼 돈 많겠네요?"

"나는 출판사 편집부에서 일했어."

책을 좋아하는 녀석이 큰 소리 자랑질.

"저는 책을 엄청 좋아해요."

"맞아요. 오빠는 아는 게 많아요."

듣고 있던 아빠의 자식 자랑도 한몫 거든다. 아빠가 아이들을 소개하기 시작하자 남의 신상에 관심 폭발이던 녀석들은 어디 가고 수줍고 어색해서 몸이 배배 꼬인다.

다음 날이 되어도 아이들의 신상 털기는 계속된다.

"그런데 교수님은 무슨 과목 가르쳐요?"

"어디 대학에 다녀요?"

"네이버에 이름 치면 나와요?"

듣고 있던 큰녀석은 한술 더 뜬다.

"야, 그럼 교수님인데 나오지 안 나오겠냐?"

난데없이 털리는 신상에 오신 손님 어쩌냐? 옆에 엄마는 안절부절 얼굴이 빨개진다. 고마운 교수님, 아이들의 마음을 읽어주고 나눠주니 더없이 감사하다.

이제 그만했으면 하는데 여기서 끝이 아니다.

"삼촌!"

신상 파악이 끝남과 동시에 호칭은 삼촌이 되어버렸다.

"삼촌, 우리 게임해요. 루미큐브해요."

"그게 뭐야?"

갑자기 삼촌이 된 교수님. 게임 도전장에 또다시 당황한 삼촌(?)이 어찌할 바를 모르는데 신이 난 아이들은 게임 설명을 하느라 또 시끄럽다.

"규칙은 다 알겠죠?"

"잠깐!"

신나는 게임을 위해서는 반드시 내기가 있어야 한다.

"삼촌, 진 사람이 치킨 쏘기예요."

우리 아이들은 진정 도둑놈(?)들이구나. 이제 막 게임 설명을 듣고 방법도 제대로 익히지 못했는데 내기를 걸다니. 게다가 할아버지도 아니고 삼촌이라니.

"야, 너희들 너무한 거 아냐? 게임 방법도 제대로 모르시는데 거기에 내기까지 걸면 어떡해?"라고 말하는 엄마도 속으로는 신난다.

"아니, 엄마. 제가 알려드릴 거예요. 괜찮아요. 금방 할 수 있어요. 교수님이시잖아요."

한통속이구나, 우리는.

첫판은 연습 게임으로 시작했는데 옆에서 알려주는 딸 덕에 교수님 체면이 살았다. 이번엔 진짜 내기를 해야 한다고 했지만, 시간이 없었다.

"애들아, 내가 진 걸로 하고 치킨 쏠게."

집으로 돌아가는 길, 교수님은 안절부절못하신다. 아이들에게 치킨을 쏘지 않으면 신상이 다 털리고 댓글 테러 당할 것 같다고 두려워(?)하시는 모습. 그새 삼촌이 되셨구나.

손수 치킨을 쏘신 멋진 교수님. 개구쟁이 아이들을 이해해 주셔서 감사합니다.

렛츠 고우! 롸잇 나우!

"렛츠 고우! 롸잇 나우!"

아침 등교 시간 엄마의 외침이다. 아이들은 벌떡 일어나 책가방을 챙긴다.

"우와 우리는 영어로 대화가 되네!"

"영어로 소통이 되다니 대단한걸."

"아이, 엄마, 그것쯤은 껌이죠."

아이들이 많은 엄마는 늘 바쁘다. 온몸이 바쁘지만 그중에서도 입이 제일 바쁘다.

'먹어라, 준비해라, 빨리 자라, 이 닦아라, 샤워해라, 숙제해라, 정리해라, 옷은 따뜻하게 입어라……'

대부분이 명령형 잔소리인데 거기에 하나 더 끼어든 말이 "롸잇 나우!"

무서운 명령어다. 말끝마다 롸잇 나우를 수식어로 붙여놓으니 아이들은 또 그걸로 엄마를 놀려댄다.

남편도 롸잇 나우를 비켜가지 못한다.

"여보, 음식물 쓰레기 좀 버려줘요."

"응……."

말이 끝났으면 움직여야 하는데 남편은 대답뿐 미동도 없다.

우리 집 끼어들기 대장 딸, 참을 수 없지.

"엄마, 롸잇 나우라고 해야죠? 그래야 아빠가 일어나잖아요?"

"아, 그렇지. 여보, 롸잇~ 나우."

아이들에게 하는 것보다 부드러운 소리로 부탁 명령을 던졌지만 또다시 "응, 알았어" 마른 말뿐이다.

아이들만 아홉을 넘게 키우는 엄마는 오죽 바쁘겠는가. 첫째는 미술학원, 둘째는 수학학원, 셋째는 음악학원, 넷째는 영재교육원, 막내는 검도. 매주 월요일에는 학습지 선생님, 학교 방과후도 챙겨야 하고 상담받는 아이는 상담실에 보내줘야 하고…….

빨리빨리보다 더 바빠야 하니 "롸잇 나우"는 엄마의 가장 중요한 언어 습관이 되었다. 하지만 시키는 자와 움직이는 자의 간극이 너무 크다. 한 번에 '짠' 하고 움직여주면 그런 말이 습관이 되지 않을 것 아닌가. 어느 시점부터 엄마는 "롸잇 나우"를 외치고 다닌다.

"롸잇 나우!"

얼마나 멋진 말인가.

초등학교 3학년 막내 아이는 엄마의 영어 명령이 이해되지 않는다.

"그런데 엄마, 롸잇 나우가 무슨 말이에요?"

"뭐! 롸잇 나우가 무슨 말인지 아직도 모른단 말이야? 그러니 너는 맨날 지각이지."

그래도 영어를 배운다는 중학생 언니가 당당하게 한마디 해준다.

"렛츠 고우! 롸잇 나우! 뭐야? 지금 당장 학교 가라는 말이잖아."

가방을 메던 아이는 뭔가 찜찜한 웃음으로 인사를 한다.

"엄마, 렛츠 고우! 롸잇 나우. 학교 다녀오겠습니다."

무서운 돈 도둑(?) 독감

시끌벅적하던 집이 조용해졌다. 간간이 들려오는 신음 소리와 함께 기침 소리뿐이다.

독감이 아이들을 덮치고 엄마를 덮쳤다. 많은 것을 함께하는 우리 가족은 아픔도 예외가 아니다. 독감이 시작되자 어제는 언니, 오늘은 막내, 급기야 엄마까지 옮아 모든 가족이 침대에 드러누웠다.

이번 독감은 머리가 깨질 듯 아프고 열이 난다. 해열제를 교차 복용해도 소용없다. 머리에 물수건을 올려 밤이고 낮이고 열을 내리느라 한숨도 못 자는 엄마. 더 무서운 건 독감 증상 중 하나가 밤중에 환청이 들리고 환상이 보인다는 것이다.

물수건을 올려놓고 잠깐 잠든 사이 아이는,

"엄마, 엄마 무서워요. 천장에 귀신이 있어요."

"엄마, 귀에서 삐~ 소리가 나요."

나중에는 헛소리를 하고 허공에 손을 뻗으며 알 수 없는 말을 중얼거리기도 했다.

다음 날, 아침을 대충 먹고 온 가족이 병원에 갔다. 병원은 환자들로 꽉 차 있었다. 줄이 길게 늘어서서 언제 진료가 시작될지도 알 수 없었다.

기다리던 중, 막내는 열이 심해 아침 먹은 것을 모조리 토했다.

한 시간도 넘게 기다리다 겨우 진료실에 들어갈 수 있었다.

독감 검사를 해야 한다.

"어머니, 검사비는 비급여입니다. 한 아이당 3만 원입니다."

이그, 뭐가 그리 비싼고. 할 수 없다. 독감은 검사를 해야 약을 처방받을 수 있다고 하니.

"네, 알겠습니다."

아이들은 한마디씩 하는 걸 잊지 않는다.

"엄마, 독감 검사가 왜 이렇게 비싸요? 우리 가족 중 한 사람만 검사하고 다 독감이라고 하면 안 돼요?"

아이디어는 좋았지만 그럴 수는 없었다.

"어머니, 아이들은 알약 먹을 수 있죠?"

초등학교 3학년 막내 녀석은 "아니요. 저 물약으로 주세요" 한다.

"독감은 타미플루를 처방해야 하는데 주사제로 쓰겠습니다."

"네" 하고 진료실을 나왔다.

그런데 문제는 여기서부터다.

생각 없이 말한 엄마의 잘못인지, 의사가 제대로 말해주지 않은 게 잘못인지 모르겠다.

"주사는 보험이 안 되는 항목이라 한 사람당 7만 원입니다."

"엥~, 뭐라구요?"

아이들이 더 빨리 반응한다.

"엄마, 너무 비싼 거 아니에요? 7만 원이면 우리 집은 얼마야 도대체? 아니, 독감 검사도 3만 원이나 했는데 또 돈이 7만 원이면 우리 집 거덜 나는 거 아니에요?"

당황한 간호사가 정정해 주었다.

"네. 알약 처방도 있는데 그 약은 5일 동안 아침저녁으로 복용해야 하고 주사는 한 번이면 됩니다. 그래서 주사 처방을 하신 것 같은데요."

뭐야? 그럼 주사제가 아닌 약 처방이 있다는 말 아닌가?

"그럼, 약 처방은 얼마예요?"

간호사의 대답이 나오기도 전에 아이들은 이구동성으로 물었다.

"알약 처방은 무료입니다."

"엄마, 우리 약으로 먹을게요."

뒤에서 지켜보던 아빠도 함께 거든다.

"약으로 먹자, 약으로. 약 먹을 수 있지?"

주사 맞는 걸 피할 수 있어서인가? 돈을 아낄 수 있어서인가? 누구의 의견이 강했는지 모두 "약이요"를 합창한다.

진료를 기다리던 다른 환자들은 우리 가족의 이런 풍경을 어떻게 보고 있을까? 부끄러움도 모르는 엄마는 돈을 아껴서 다행인 표정, 아이

이마에 물수건을 올린 채 잠든 두 딸　　온 가족이 의기투합으로 받아온 약 봉투

들은 주사를 피할 수 있어 안도하는 표정, 뒤에서 모의에 동참한 아빠는 흐뭇한 표정.

독감은 포기된 돈(?)에 대한 복수인지 며칠이 지나도 떠날 생각이 없다. 아침저녁으로 타미플루를 먹어야 하고, 해열제를 교차 복용해야 하며, 기침에 콧물약까지 먹어야 한다. 약을 챙겨야 하는 엄마는 엄청 귀찮다. 하지만 아이들은 행복해 보인다. 같이 아파서인지 아니면 학교를 안 가도 돼서인지 모를 감정이 독감과 함께 동거 중이다.

모이면 싸워? 싸우려고 모여?

북적북적 조용할 날이 없는 집이다. 50여 평의 집에 아이들만 일여덟이다. 그 녀석들 한두 마디로 엄마는 열두어 마디를 한 번에 들어야 한다. 마음의 여유가 있을 때의 엄마는 그들의 소리가 사랑스럽다. 재잘거리는 많은 이야기를 즐겁게 소화할 수 있다. 같이 웃어주기도 하고 신박한 생각이라고 칭찬도 아끼지 않는 즐거운 시간이다.

하지만 피곤한 엄마는 또 다른 모습인데, 아이들은 엄마의 오늘 마음 따위에는 아랑곳없다. 그저 떠들고 조잘대고 왔다 갔다 시끄럽기가 시장통이다.

일주일의 의무 과정을 마친 초등학생들, 중학생들 그리고 고등학생까지. 얼마나 긴 시간을 나름대로 치열했을까. 주말이면 어른, 아이 할 것 없이 피곤하기는 마찬가지겠지. 월 화 수 목 금 학교며 학원이며 방과후 활동에 악기 연습까지, 모든 의무를 마친 무장해제의 금요일 저녁이다.

엄마는 그런 아이들을 잘 알기에 되도록 금요일 밤이면 편안하게 시간을 보낼 수 있도록 배려(?)해 준다. TV를 맘껏 볼 수 있게 해주고 먹고 싶은 컵라면도, 야식도 허락해 주고 넓은 거실에서 늦게까지 놀게 하고, 게다가 이불을 함께 펴 공동 취침을 할 수 있도록 얼마나 많은 양보(?)를 해주는데.

문제는 여기서부터다. 신나게 놀고 떠들고 먹는 중에,

"얘들아, 엄마 아빠 잠깐 마트 다녀올게. 싸우지 말고 놀고 있어."

"네, 다녀오세요. 걱정하지 마세요."

낮에 했어야 하는 마트 일을 바쁜 중에 잊고 있다가, 늦저녁에야 생각나 잠시 자리를 비웠다. 30분도 채 걸리지 않을 만큼 빛의 속도로 다녀왔는데 그사이에 싸움판이 벌어졌다.

현관문을 여는 순간, 후다닥 방으로 튀어 들어가는 소리가 들린다. 문제가 생겼군. 아니나 다를까 한 녀석의 억울함이 대포알처럼 터져 나온다.

"엄마, 미희가 등짝을 때려서 손자국이 났어요. 멍든 것 같아요. 엄청 아파요. 두 대나 맞았어요."

엄살이 심하기로 약이 없는 소녀다. 겨우 등짝 두 대에 자국이 생기고 멍이 들었다니 말문이 막힌다. 어디 한번 보자며 살펴보았지만, 멍이 어디 있는가. 그저 살짝 빨개진, 그것도 본인이 아프다고 만져서 빨개진 것 같은데. 게다가 왜 등짝을 맞았는지는 없고 때린 것만 있다.

"미희가 왜 때렸는데?"

"몰라요. 아무 짓도 안 했는데 때렸어요."

엄마는 분명히 사이좋게 놀라고 한 것 같은데 왜 싸웠는지는 없다. 일단 알겠으니 내일 이야기하자고 하며 달래준다.

다음 날, 토요일이다. 아이들에게는 금쪽같은 시간. 함께 놀 수 있고 모여서 TV 볼 수 있고 게임도 허락된 소중하고 아까운 시간. 엄마는 이 시간을 거둬들였다. 가족회의를 할 테니 모두 모이라고 했다. 벌써 눈치 챈 녀석들은 핑계가 될 말을 모은다.

"어제의 사건을 모두 알고 있지?

너희들은 사이좋게 지내는 것이 얼마나 행복한 일인지 알 필요가 있어 보인다. 안 싸우고 지내는 방법이 있어. 각자 방에서 조용히 생활하면 싸우고 핑계 대고 기분 나쁠 일은 없을 거야. 맞지?"

함께하는 즐거움을 아는 아이들에게는 중벌이다. 어쩌겠는가, 싸우면 각자 생활하기로 약속한 것을.

울며 겨자 먹듯 각자의 생활이 시작되었다. 식사 시간에만 함께가 허용된다. 그 외의 모든 시간은 각자 방에서 자기 할 일만 하면서 보내야 한다. 처음에는 괜찮겠지. 시간이 지나면 지루할 거야. 남는 시간에 뭘 해야 할지 방황하고 사는 게 재미가 없겠지. 모여서 같이 놀고 공부하고 게임도 했던 시간이 좋았다고 느낄 수 있는 기간은 일주일 정도면 충분했다.

일주일 후 토요일, 아이들을 다시 불러 모았다.

"어떠냐? 각자 살아보니 좋지?"

저마다 한마디씩.

"뭐, 저는 나름 괜찮았어요. 혼자 조용히 시간을 보낼 수 있어서."

"엄마, 저는 심심했어요."

"저는 화가 났어요. 제 잘못도 아닌데 방에 갇힌 느낌이 들어서 싫었어요."

화근을 만든 당사자들은 아무 말도 못한 채 처분만 기다린다.

"그러면 어떻게 하면 좋을지 말해봐. 개인적으로 엄마는 니들이 조용히 지내니 좋더라."

같이 노는 것이 좋다는 결론이 뻔하게 나올 줄 알면서도 다시 한번 새겨주고 싶었다. 모였을 때의 장점, 혼자일 때의 단점, 모였을 때의 단점, 혼자일 때의 장점. 모두 다 소중한 것들이다. 모든 장단점이 혼재해도 우리는 함께하는 것이 제일 좋다는 결론을 내린다. 함께하는 행복한 가족이 있어 감사함을 잊지 말지어다.

루미큐브 대항전

우리 집 놀이 중 하나인 루미큐브 보드게임이다. 최대 네 명이 할 수 있는 놀이다. 우리 집은 열한 명, 모두 참여하기 위해서는 사전에 치열한 대항전이 있어야 한다.

처음에는 2인 1조로 나눠서 했지만 같은 조로 뽑힌 구성원이 맘에 들지 않는 사태가 종종 발생하는 바람에 규칙을 바꿨다. 두 팀으로 나누되 팀원도 제비뽑기를 한다. 빨간색 숫자를 뽑으면 첫 번째 팀이 되고 파란색 숫자를 뽑으면 두 번째 팀이 된다. 첫 번째 팀에서 최종 우승자는 두 번째 팀 우승자와 대결할 수 있다.

처음 게임을 시작할 때 엄마와 아빠는 당황 그 자체였다. 규칙이 너무 어렵고 복잡하게 느껴졌다. 같은 색깔의 숫자는 계단식으로 3개 이상씩 놔야 하고 다른 색깔의 숫자는 같은 수끼리 나열한다. 또 3개 이상 숫자가 모이면 큐브를 빼서 다른 곳에 사용할 수 있는 등, 여러 복잡한 규칙에 늙은 엄마 아빠는 적잖이 당황했다. 게임 도중 몇 번을 물어봐도

숨소리도 긴장하는 게임의 세계 속으로

이해가 잘 안 된다. 정신을 똑바로 차리지 않으면 길을 잃고 만다. "나이 탓이야, 나이 탓."

늙은 엄마 아빠는 아이들의 구박 속에서 땀을 뻘뻘 흘리며 겨우겨우 게임 규칙을 익혔다.

저녁을 먹고 나면 아이들은 기다렸다는 듯이 루미큐브 게임을 하자고 소리친다. 초보자인 엄마 아빠를 골탕 먹이고 승리하는 맛이 희열인 게다. 매일 잔소리 듣고 을(乙)로 살던 아이들은 게임에서는 단연코 갑(甲)이다. 엄마 아빠가 당황해하고 복잡한 계산에 헤매는 모습이 얼마나 통쾌할까.

자신의 큐브를 다 쓰고 게임을 끝낸 사람은 큰 소리로 루미큐브를 외친다. 그러면 같이하던 아이들은 한숨을 쉰다. 초등학교 2학년 막내 녀석도 얼마나 계산이 빠른지 금세 큐브를 다 쓰고 1등을 차지할 때가 있다.

시간이 갈수록 엄마는 게임 규칙을 습득하게 되고 이제는 아이들과 동등하게 놀이를 시작해도 이길 수 있는 경지까지 올랐다. 하지만 우리 아빠, 복잡한 일을 싫어하고 단순 그 자체로 살던 분이시니 이 복잡한 숫자 놀이에 머리가 어질어질하다. 아무리 머리를 짜내고 집중해도 늘어 놓은 숫자가 보이지 않는다. 옆에서 아이들은 연신 "아빠, 이거요, 가능하잖아요. 왜 못 보고 헤매세요. 아니, 왜 그렇게 하시냐구요? 답답하네" 하면서 아빠 골려먹기에 혈안이다.

시간을 붙잡아놓고 헤매는 아빠에게 엄정한 심판자 엄마는 모래시계를 들이댄다. 모래가 다 내려가면 하던 숫자를 내려놓고 큐브 두 개를 더 가져가야 하는 벌이 내려진다. 시간이 주어지면 사람은 더 긴장하게 되고, 보이던 것도 안 보이고 머리가 하얘진다.

"잠깐만, 아니 잠깐만 기다려 봐."

연신 '잠깐만'을 외치며 숫자를 맞추지만 아이들은 봐주질 않는다.

"아빠, 빨리 내려놓으시고 큐브 두 개 가져가셔야 해요. 규칙을 지키셔야죠."

게임 속에는 아이들의 성향이 들어 있다.

덜렁이에 주의가 산만한 막내, 남의 일에 간섭하는 것을 좋아하고 자신보다 타인의 문제를 잘 짚어내는 녀석은 루미큐브 1등을 곧잘 해낸다. 자신의 성향에 이 게임이 딱 맞아떨어진 것이다.

생각이 복잡한 사춘기 딸. 이리 계산하고 저리 계산하면서 집요하게 파고드는 성격이 게임에 그대로 녹아난다. 어렵게 어렵게 숫자를 맞추며 알찬 1등을 거머쥘 때가 있다. 때때로 그 복잡함 속에서 헤매다 꼴찌를 하는 날에는 얼굴이 상기된 채 말이 없다.

촐싹쟁이 초등학교 5학년 딸, 성격이 급하고 저돌적이다. 역시 게임에도 개성이 그대로 나타난다. 상대방이 끝나지도 않았는데 먼저 치고 들어온다. 욕심이 많아서 가지고 있는 큐브를 내놓아야 할 때도 쥐고 있다가 꼴찌를 면치 못한다.

유일한 청일점 상남자 아들, 독불장군이다. 유아독존(唯我獨尊). 세상에 나밖에 없다 생각하며 사는 아이. 게임도 마찬가지다. 남이 무얼 하든 관심 없다. 그저 자기 것만 생각하고 그것이 무너졌을 때 화를 내고 실망한다. 함께하는 놀이를 별로 좋아하지 않아서 빠질 때가 많다.

각양각색의 아이들이 모여서 게임에 집중하다 보면 자정을 넘길 때도 있다. 함께한다는 것 때문에 아이들은 즐겁다. 서로가 서로를 너무 잘 알아서 재미있다.

때때로 함께 사는 것을 피곤해한다. 우리 집은 왜 이렇게 가족이 많냐며 투덜대기도 한다. 하지만 밤새 놀 수 있는 가족이 있으니 얼마나 행복한가.

휴일이 되고 명절이 와도 쓸쓸하지 않다. 기본 열 명을 넘나드는 가족인데 쓸쓸함이고 외로움이고가 뭔가. 날마다 눈만 뜨면 같이 할 일이 있는데. 그래서 신나는 가족. 아이들은 눈치채고 있는 걸까.

마트 털기

아직도 버스가 다니지 않는 시골 마을이 있다. 여기가 바로 그곳이다. 군내버스도 다니지 않는 동네 아이들은 어떻게 살까? 읍에 나가고 싶어도 혼자서는 갈 수 없다. 택시를 부르거나 엄마를 졸라야 한다.

주말이면 아이들의 심심한 입은 엄마를 부른다.

"엄마, 마트에 가면 안 돼요?"

"엄마, 저녁 하기 귀찮잖아요. 그냥 우리가 컵라면 사서 먹을게요."

"귀찮은 건 저녁이 아니고 너희들을 몽땅 데리고 마트에 가는 거야. 주말에는 엄마도 좀 쉬자."

기분 따라 달라지는 엄마의 답에 아이들은 목 놓아 엄마를 부른다. 나른한 오후를 즐기고 싶은 엄마의 마음은 아랑곳하지 않고 너나없이 한마디씩이다.

"엄마가 좋아하는 에이스 과자 사올게요. 거기에 커피 찍어 드시는 거 좋아하잖아요. 서비스로 커피도 타드릴게요."

"시장도 우리가 봐 올게요. 우유도 필요하잖아요."

귀찮은 엄마를 구원하듯 때마침 들어오는 아빠. 요구사항이 아빠에게로 옮겨간다.

"아빠, 오늘 한가하세요?"

"마트 털러 가요. 아빠가 좋아하는 과자 사드릴게요. 네?"

과자라는 유혹에 아빠는 더 이상 아빠가 아니다. 그저 아이들의 꾐에 넘어가는 문제아(?)가 되고 만다.

"그래! 가자! 마트나 털러 가자."

갑자기 왕따가 된 엄마는 구겨진 얼굴로 차에 오른다. 신이 난 아이들의 틈 속에 아빠라는 작자는 마누라의 기분 따윈 아랑곳하지 않는, 그저 과자 먹을 생각에 행복한 딱 큰아들 수준이다.

도시 아이들과 달리 대형마트나 백화점 쇼핑을 자주 할 수 없는 환경에서 읍내 마트는 행복 충전소나 다름없다. 그것도 엄마 아빠를 졸라야만 갈 수 있는 곳이니 얼마나 애달픈 곳인가 말이다. 기껏해야 과자 몇 개에 음료수, 컵라면으로도 기분 좋은 군것질 장소다.

봉지봉지마다 사온 간식거리가 거실을 풍성하게 한다. 서로 나눠주고, 나눠먹고. 불량식품(?)을 먹으면서도 이렇게 행복한 아이들이다. 아빠에게 밀린 엄마를 달래기 위해 제일 큰언니가 사온 에이스 비스킷에 봉지 커피를 끓여 놓은 엄마도 잠시 행복하다.

화려하지 않아도 좋다. 거대하지 않아도 된다. 행복은 그저 작은 마트를 털어 간식을 사 먹는 사소함 속에 숨어 있기 때문이다. 군내버스가 안 다녀도 집 바로 앞에 편의점이 없어도 괜찮다. 우리에겐 함께할 수 있는 가족이 있으니 정말 괜찮다. 나른하고 심심한 주말 오후를 풍성하게 하는 것, 그것이면 충분하다.

배부르게 먹고 난 아이들은 엄마를 위로한다.

"엄마, 오늘 저녁은 땡이에요. 푹 쉬세요."

"그깟 컵라면으로 저녁이 되겠어? 나중에 배고프다."

아니나 다를까, 저녁 8시를 넘기면서 아이들은 또 졸라대기 시작한다.

"배고파요, 엄마. 먹을 거 없어요?"

그러면 그렇지.

"족발 시켜 먹자."

늦저녁, 엄마와 아빠는 주문해 놓은 족발을 가지러 읍으로 달린다.

텃밭 농사

텃밭에 심어놓은 식물들이 이른 비, 늦은 비를 맞으며 자란다. 200평이 조금 못 되는 밭이다. 남편은 아내의 힐링 생활을 위해 기꺼이 농기계 임대 사업소에서 소형트랙터를 빌려 밭을 갈았다. 고랑을 만들고 이랑을 높이 올린 후 풀이 자라지 않게 비닐멀칭까지 친절하게 만들어줬다.

남편이 손수 비닐멀칭을 해준 고추밭

텃밭에 처음 심어놓은 오이고추

4월이 되면 텃밭이 바빠지기 시작한다. 5일장이 열리는 날을 기다려 모종을 샀다. 고추, 토마토, 가지를 먼저 심었다. 맨 앞 이랑부터 가지를 심고, 그 옆으로 아삭한 맛을 내는 오이고추를 나란히 심었다. 토마토는 아이들이 따 먹기 쉽게 맨 가장자리에 심어놓았다. 비가 온다는 예보가 있어 바쁘게 바쁘게 심어놓고 물을 주어야 하나 비를 맞혀야 하나 고민하는데 남편의 잔소리.

"저녁에 비 많이 온다는데 그냥 두지, 뭘 고민이야?"

"그러다 비가 안 오면 어쩌고?"

"하루 이틀 물 안 줘도 안 죽어요. 예민하기는."

초저녁부터 비가 온다고 했는데 빗소리는 들리지 않는다. 밤 12시가 넘어서자 졸린 눈을 감았다 떴다, 창밖을 왔다 갔다 비를 기다리는데 바람만 불고 비님은 어디쯤 오고 계시는지.

"아이고, 좀 그만 자. 비 안 오면 아침에 물 주면 되잖아."

"물을 주는 것보다 비를 맞아야 더 싱싱하게 자란단 말이야. 내가 일기예보를 확인하고 심은 건데 왜 안 오냐고, 글쎄."

"맘대로 안 되는 것이 농사야, 이 사람아."

남편은 혼자 애끓는 아내의 마음을 이해하기는커녕 오히려 핀잔이다.

텃밭 농부의 심정을 알았다는 듯 새벽녘부터 후두둑 빗소리가 들리더니 아침에는 제법 많은 비가 와줬다. 동동거리던 내 발걸음이 가벼워지고 기분이 좋아졌다.

아이들은 아침부터 비가 온다며 투덜댄다.

"엄마, 나는 비가 제일 싫어요."

"잉, 비가? 엄마는 비가 제일 좋아. 엄마가 심어놓은 채소들이 비를 맞고 싱싱하게 크잖아."

"엄마만 좋지. 난 싫어. 비 맞으면 머리에 벌레 생긴대요."

며칠 후 비 예보가 있는 날, 장날이다. 남편을 졸라 다시 5일장에 갔다. 이번에는 고구마를 심어야 한다. 영광은 꿀청 고구마가 유명하다. 고구마 순을 구하기가 쉽지 않아 서둘러 시장에 갔다. 마침 모종 사장님께서 떨이라고 하며 다섯 단을 4만 원에 주셨다. 호박도 몇 개 사고, 깻잎도 샀다. 오이는 몇 개만 사려 했는데 기분 좋은 사장님, 싸게 줄 테니 한 판 몽땅 사가라 하셔서 25개나 들어 있는 오이 모종판을 들고 왔다. 서비스로 주신 옥수수도 열 개가 넘는다.

고구마는 심기 쉽다. 고구마 심는 전용 호미가 있어 비닐 속에 45도 각도로 쑥 집어넣으면 된다. 고구마 마디가 땅속으로 두세 마디만 들어가 있으면 뿌리를 내릴 수 있다는 선배 농부님의 강좌를 들은 터라 어렵지 않았다. 그래도 다섯 단이나 되는 고구마순을 한 번에 심으려니 힘에 부쳤다.

숨을 헐떡이며 심어놓고 그 옆 이랑에는 오이를 심었다. 몇 개만 심으려던 계획이었지만 모종이 아까워서 버리지 못하고 낑낑거리며 욕심껏 심어놓았다. 밭 가장자리에 옥수수도 심었다. 옥수수는 북을 돋우지 않아도 될 것 같아 꾹꾹 눌러 심기만 했다. 옆으로는 공간을 넓게 잡고 호박을 심었다. 호박은 잎이 금방 무성해지니 듬성듬성 심어놓아야 한다.

겨우겨우 심고 나니 비가 오기 시작한다.

"와, 성공이다."

"이번에는 제법 맞췄네. 잘했어."

남편은 혼신을 다한 아내의 어깨를 토닥여준다. 기분이 좋다. 텃밭은 힘든 엄마의 힐링 놀이터다. 여러 아이 속에서 북적이며 살다 숨 쉴 곳이 필요하면 밭으로 나간다. 식물들이 커가는 것을 보는 일, 풀을 뽑아주는 일은 더없는 휴식이다.

텃밭 농사, 자식 농사 둘 다 잘하고 싶은 엄마의 마음이다.

동물 농장이에요?

집으로 가는 언덕을 올라오면 하얗고 귀여운(이건 아이들 눈에 그렇고, 엄마는 귀찮은) 개가 소리로 먼저 반긴다. 이름은 이테리. 시골 똥개인데 이름은 유럽풍이다. 산책길에 만난 동네 어른들은 개 이름을 듣고 시골 개치고 세련된 명품이라고 한다.

마당을 지나면 고양이(이름은 주머니)가 "야옹~ 야~옹" 거칠게 주인에게 대들듯 다가온다. 외출에서 돌아온 후에 밥을 먹지 않아 배고픈 게다.

"아이고~ 주머니 왔어? 어디 갔다 이렇게 쥐어 터져 왔어? 또 싸웠어?"

아이들이 물어도 밥이나 빨리 내놓으라는 듯 날카로운 소리로 채근한다.

주머니 밥을 챙겨주고 나면 아래 하우스에 사는 흑염소들이 울어댄다. 나가 놀고 싶다는 뜻이다. 새끼 때 간간이 밖에 풀어놓아 풀을 뜯게 하

반려 고양이 형제 자루와 주머니

고 저녁이면 들여보내던 습관이 남아 있어 자꾸만 밖으로 나오려 한다.

며칠 비가 와서 바깥 구경을 못 한 흑염소 남매는 결국 하우스 문을 뚫고

비닐을 찢어내 우리에서 탈출하고 말았다.

아이들을 동원해서 이리 몰고 저리 몰아 겨우 우리 안으로 들여놨지만, 가출의 추억(?)이 있는 남매 흑염소는 기회만 노리고 있다.

"재준아, 은지야, 흑염소 밥을 먼저 줘야겠다."

흑염소 엄마 아빠인 재준과 은지는 그저 신나는 놀이에 불과한 이 숭고한 일에 책가방을 내팽개치고 흑염소 우리로 날아간다.

"엄마, 염소 풀도 뜯어 줘야죠?"

"그렇지. 오늘 하루 종일 풀 구경도 못했으니 많이 뜯어다 줘라."

하우스를 둘로 나눠 한쪽은 흑염소 남매, 또 한쪽은 공작새 부부가 자리한다.

오래전부터 알고 지내던 지인이 키우던 공작새 한 쌍을 선물로 주셨다.

"아이들도 많은데 이런 거 있으면 좋아요."

"공작새를 사려면 비싸다고 하는데 그냥 주시는 거예요?"

"아이들 키우는데, 도움은 못 돼드려도 이런 거라도 해주고 싶었어요."

닭장을 평정한 공작새

공작새 가족이 생기자 신난 우리 막내는 핸드폰으로 사진을 찍어 반 아이들에게 보여주겠다고 했다.

"엄마, 제가 공작새 사진을 찍어서 아이들에게 자랑했는데 동물원에서 찍은 거 아니냐면서 안 믿어요."

그렇지, 공작새가 아무나 키우는 흔한 동물은 아니거든.

집 안으로 들어오면 색깔 고운 금붕어 세 마리가 기다린다.

금붕어 주인은 재준이다.

몇 년 전 학교에서 받아온 금붕어 한 마리를 플라스틱병에 키우면서 금붕어 아빠가 되었다.

"금방 죽을 거야. 학교에서 가져온 금붕어가 얼마나 살겠어?"

예상을 빗나간 금붕어의 생은 3년을 넘기고 있다.

혼자서 살면 얼마나 외로울까?

"재준아, 엄마가 금붕어 친구 구해다 줄까?"

"네. 안 그래도 금붕어가 혼자 살다 보니까 색깔이 변해 흰붕어가 되었어요."

이 엄마, 아이가 좋아한다니 남편을 졸라 시장에서 금붕어 두 마리를 더 사오고 어항까지 구입해서 제법 멋진 집과 가족을 만들어주었다.

가족이 많은 아이들이지만 그들의 마음은 늘 외롭다. 여럿이 함께 살지만 늘 혼자라고 생각한다. 마음 한구석은 늘 허전하고 정 붙일 만한 곳이 없다. 그런 아이들을 위해 하나둘 사오고 얻어오다 보니 동물 농장이 되어버렸다.

반려동물은 아이들의 또 다른 가족이고 친구다.

미희는 마음이 늘 불안하다. 그 불안하고 외로운 마음을 고양이 주머니에게 쏟는다.

"엄마, 주머니가 다쳤나 봐요. 귀에 피가 나 있어요. 약 좀 발라주세요."

학교 가는 길에 만나 고양이 상태를 살피고는 다시 돌아와 엄마에게 주문하고 간다.

"알았다."

"엄마, 그리고 배고픈가 봐요. 계속 울어요."

"응, 밥도 챙겨줄게."

동물 가족이 늘어날수록 엄마의 손도 바빠진다. 하루에 한 번 물통을 비워 깨끗한 물로 갈아주어야 하고 초식동물에겐 신선한 풀도 뜯어줘야 하고 사료가 모자라지 않도록 살펴야 한다.

저녁이면 우리에 외부 침입이 없는지 문단속을 해야 하고 똥도 치워야 한다.

집안일보다 할 일이 더 많아도 엄마는 괜찮다. 아이들이 동물들과 놀고 이야기하고 돌봐주는 것을 보는 기쁨 하나로.

새끼 참새를 거두다

"그냥 오려고 했는데 자꾸만 짹짹거려 맘이 편치 않아서."

남편, 측은지심(惻隱之心)이 지나치다. 어미 새가 떨어뜨린 새끼 참새를 주워왔다.

이제 막 대학교 방학을 맞아 집에 돌아온 우리 집 큰아들 하는 말.

"엄마랑 아빠는 변한 게 없구만요. 아빠가 동물을 주워오면 엄마는 또 돌보고. 지난번에 새끼 고양이도 아빠가 주머니에 넣어와서 키웠잖아. 그래서 이름도 주머니로 지어주고."

종이컵에 담아온 새끼 참새는 이제 겨우 하루 이틀 지난 듯하다. 털이 하나도 없이 분홍색 살이 그대로 드러나 있고 양쪽 날개 끝 쪽과 머리 윗부분, 등줄기만 거뭇거뭇하다.

"엄마, 이거 제비 아니에요?"

"제비면 좋겠다. 돌봐주면 박씨 물고 오지 않을까?"

"흥부네도 그랬잖아요."

"맞다. 우리 집도 흥부네 집처럼 아이들도 많고 가난하잖아?"

가난하다는 말에 모두들 한마디씩 한다.

"야, 우리 집이 왜 가난해? 집도 이렇게 크고 넓은데."

"흥부네는 밥도 없어서 못 먹었는데 우리 집은 안 그렇잖아."

"어제도 엄마가 삼겹살 구워줘서 먹었잖아. 근데 이게 가난한 거냐?"

우리 가족 곁으로 잠시 와주었던 새끼 참새

어쨌든 우리는 이제 새끼 참새를 키워야 할 판이다.

아이들은 인터넷을 뒤지며 새끼 참새를 어떻게 키워야 하는지, 뭘 먹여야 하는지 조사를 시작했다.

"엄마, 설탕물을 먹여야 한대요."

"그래, 알았어."

잽싸게 물에 설탕을 타서 녹인다.

"엄마, 찬물은 안 된대요. 따뜻한 물로 해야 된대요."

"그럼, 다시 타야겠다. 정수기에서 따뜻한 물을 가져와 봐."

"엄마, 달걀노른자를 먹여야 한대요."

"어, 그래. 냉장고에 달걀 있으니 꺼내와."

"아니, 그게 아니고 달걀을 삶아서 흰자는 빼고 노른자만 물에 으깨서 줘야 한다니까요."

"그럼 우선, 달걀을 한 개만 삶아보자."

물을 끓이고 달걀을 삶고 흰자는 빼고 노른자만 물에 으깼다. 그런데 이걸 어떻게 그 조그만 주둥이에 넣는단 말인가.

"엄마, 저한테 주사기 작은 거 있어요. 학교에서 과학 시간에 쓰던 건데 가져왔어요."

"야, 빨리 가져와 봐."

온 집안이 야단법석이다. 그 조그만 새끼 참새를 위해 모두가 머리를 조아리며 한곳에 모여 있다.

우리 가족은 금세 새끼 참새로 뭉쳤다. 주사기로 입을 벌리게 하고 조금씩 물을 주고 달걀노른자를 짜서 주었더니 입을 쩍쩍 벌리면서 받아먹는다.

"야, 살겠다, 살겠어. 먹는 거 보니 살겠어."

야속한 남편은 대단한 일을 해낸 것처럼 으스대며 만족한 표정이다.

"그런데 엄마, 새끼 참새는 두 시간마다 한 번씩 밥을 줘야 한대요. 조금만 늦어도 바로 죽는대요. 어떡해요? 두 시간마다 일어나서 밥 줘야 하는데?"

"할 수 있어. 엄마는 할 수 있다. 지금이 10시 30분이지. 음……, 11시 30분, 12시 30분. 그래 12시 30분에 한 번 일어나고 또 1시 30분, 2

시 30분. 그러니까 2시 30분에 또 일어나고. 마지막으로 4시 30분에 일 어나면 되는 거잖아."

　과연 잠꾸러기 엄마가 두 시간마다 한 번씩 일어나 새끼 참새의 어미 가 될 수 있을 것인가. 모두 의심의 눈초리였지만 믿어보기로 한다.
　큰아들, 자기 전에 다시 한번 할 일을 일러준다.
　"엄마, 새끼는 체온이 중요하니까 따뜻한 물통도 두 시간에 한 번씩 갈아주어야 하고, 너무 뜨거우면 피부가 데일 수 있으니까 물 온도 조절 도 잘 해주어야 해요. 물통 위에 화장지나 키친타올을 깔아두어서 보드 라운 털 느낌이 들게 해주어야 하구요."
　주저리주저리 읊어대는 잔소리가 이렇게 싫은 거구나. 알았다고 그만 하라고 해도 아들은 계속해서 잔소리다. 와!~ 엄마 잔소리는 낄 틈도 없 구나.

　모두 잠이 들었다. 엄마도 시간을 맞춰놓고 잠자리에 들기 전 남편에 게 한 번 더 말해둔다.
　"여보, 나 두 시간마다 한 번씩 일어나야 하니까 꼭 깨워줘야 해요. 알겠지!"
　스르르 잠이 들었다. 과연 엄마는 두 시간의 약속을 지킬 수 있을까?
　새벽 5시. 갑자기 눈이 떠진 엄마는 기겁한다.
　"오메~ 여보, 어떡해. 새끼 참새!"

빛의 속도로 일어나 새끼 참새가 있는 바구니를 살폈다.

쭈그리고 있고 등이 들썩거리는 것이 다행히 숨을 쉬고 있었다. 게다가 똥까지 한 번 싸질러 놓은 것이 대견스럽게 느껴질 정도라니.

부리나케 물통을 따뜻한 물로 갈아주고 어제 먹이다 놔둔 달걀노른자 물을 주사기에 넣어 주둥이 쪽으로 가져갔다. 힘이 없기는 했지만 주둥이를 벌리고 받아먹는 듯했다. 두어 방울 넣어주고 다시 설탕 탄 물을 따뜻하게 해서 몇 방울 떨어뜨려 주었다.

아침 시간은 또 난리다.

"엄마, 아기 참새 밥 먹었어요?"

"엄마, 두 시간마다 밥 준 거 맞아요?"

"엄마, 아기 참새는 언제 날 수 있어요?"

"엄마, 빨리 날아서 우리 집이 부자 되는 박씨를 물어오라고 해요!"

학교 가는 시간까지 새끼 참새는 몸살이다. 수건으로 덮어 놓은 것을 열어보고 만져보고 덮어 놓고. 1분도 못 지나 또 한 녀석이 열어보고 만져보고 덮어 놓고……

오전 10시가 넘자 새끼 참새는 입을 벌리지도 못하고 겨우 숨만 까닥인다.

"죽을 것 같아, 여보."

힘없이 말하는 엄마의 목소리는 젖어 있다.

"산에 묻어줄게."

"숨이 멎을 때까지 기다려야지. 그래도 아직 숨은 쉬고 있잖아."

새끼 참새는 그렇게 아이들과 하룻밤을 지내고 자연으로 돌아갔다. 학교에서 돌아올 아이들에게 엄마는 무슨 말을 해주어야 할까?

쓰레기 줍기 캠페인
_ 우리 동네 환경지킴이

산책을 좋아하는 엄마는 갈록 삼거리 메타세쿼이아 길을 사랑한다. 사계가 모두 아름다운 S자 산책길이다. 아이들만큼이나 변화무쌍한 풍경을 보여주는 길이다.

이른 봄이면 연초록 잎을 내놓으며 계절을 탐색한다. 시간이 지나면 초록은 짙은 배경으로 그늘을 만들고 햇살은 길바닥에 그림을 그린다. 그러면 산책길 아스팔트는 과연 피카소의 전시회 풍경을 보여준다. 그 길을 걷는 건 행복이다.

여름이 자리를 내주고 나면 나무는 카멜레온이 되어 옷을 갈아입고 나온다. 갈색으로 천천히 물들다 어느 날 진갈색으로 유럽의 아름다운 거리를 걷는 기분에 잠기게 한다.

겨울로 가는 길목에 찬바람 불고 낙엽이 할 일을 마치고 나면 하얀 송이 눈이 내려와 가지에 앉는다. 겨울왕국을 실시간으로 보여주는 아름다운 동네, 우리 집 산책길이다. 참 예쁜 마을에 살고 있다.

시간이 한가한 토요일 오후는 나른하다.

"애들아, 엄마 산책 갈 건데 같이 갈 사람?"

아이들은 놀고 있던 물건을 집어던지며 환호성이다.

"엄마, 저도 갈래요."

"저도요, 저도 같이 가고 싶어요."

심심하던 아이들은 엄마의 한마디에 모두 뛰쳐나온다. 조용히 한둘만 데리고 가려던 계획을 변경, 왁자지껄 모두 데리고 산책길에 나선다.

이리 뛰고 저리 뛰고 앞서거니 뒤서거니, 엄마 손을 내가 잡고 네가 잡고 왼편에 한 짝 오른편에 한 짝 나머지는 앞뒤로. 동네가 소란스럽다.

아이들도 느낀다. 이 길이 얼마나 아름다운지. 함께 걷다 보면 마음이 상쾌해지고 기분이 좋아진다는 걸.

메타세쿼이아 옆쪽으로는 어마어마하게 크고 넓은 호수가 있다. 호숫가를 배경으로 쭉 늘어선 예쁜 나무들 사이를 끼고 돌면 행복이 졸졸 따라올 수밖에 없다.

엄마의 생각이 먼저였을까, 아이들의 생각이 먼저였을까. 누구의 의견이 먼저였는지 알 수 없다. 그냥 걷다가 나온 말이다.

이렇게 예쁜 길바닥에 버려진 쓰레기를 발견한 우리 중 누군가가 말했을 것이다.

"쓰레기를 주워요."

와우! 얼마나 멋진 일인가. 쓰레기를 줍는다는 생각을 하다니.

그날 이후로 산책길에 함께 따라나서는 손님이 생겼다. 바로 쓰레기 봉지. 걷다가 줍다가 놀다가 다시 뛰다가 발견된 쓰레기를 줍고, 또 놀고 이야기하고 달리다 보이는 담배꽁초를 줍고, 음료수 캔을 줍고. 줍다 보면 별별 쓰레기가 눈에 띈다.

"엄마, 도대체 이건 뭐예요? 왜 이런 걸 여기다 버리는 거예요?"

배달 음식을 먹었는지 플라스틱 용기가 버려져 있는 걸 본 막내가 짜증을 내며 뱉어낸 말이다. 자동차로 달리며 먹던 음식을 창문을 열고 버리고 달아났음이 분명하다. 어디 그뿐인가. 별 희한한 쓰레기들이 길바닥을 점령하고 있다.

그냥 걸을 때는 보이지 않았던 것들이 쓰레기를 주워 담으며 걷다 보니 발견되는 것이다.

주말 오후면 누가 먼저랄 것도 없다. 신나는 놀이를 또 발견한 것이다. 같이 걷고 같이 줍고 같이 놀고. 같이 뿌듯하고 행복하다.

쓰레기를 줍다 보면 거리마다 버려진 쓰레기가 눈에 띄기 마련. 아이들은 어디를 가든 쓰레기를 본다.

"엄마, 저기 좀 보세요. 저기도 쓰레기가 많아요."

아름다운 길, 우리 동네 산책길. 시간이 지나자 점점 쓰레기의 양이 줄어들었다. 아이들은 그것도 금방 눈치챈다.

"엄마, 이제 쓰레기가 많이 없어요. 우리가 다 주워 버렸어요."

그러면 그다음 일은 무엇인가? 바로 캠페인이다.

그림 그리기를 좋아하는 아이들에게 제안했다. '쓰레기를 버리지 말자'는 내용의 그림을 그려서 길 가장자리에 붙여놓기로.

또 신나는 아이들, 각자 생각을 그림으로 옮겨놓으니 정말 신선하다. 그림을 완성한 후 아이들과 함께 길가 나무에 묶어두었다. 그림을 보고도 쓰레기를 버릴 생각을 하면, 그 사람은 진짜 구제불능이라고 단정해 버리자고 말했다.

'우리 동네를 사랑하는 아이들'이라고 현수막이라도 하나 붙여놓자고 말하며 우리는 다시 행복해졌다.

아이들이 신나게 그려 붙인
'쓰레기를 버리지 말자' 캠페인 그림

아이들이 그린 우리 마을 환경 캠페인 포스터

3부

함께 살면
뭐가 좋아?

고슴도치의 사랑법

상처받은 아이의 외침.

"왜 나만 미워해요?"

태어나자마자 혼자 된 아이, 부모의 존재를 알지 못하는 아이가 있다. 아이는 자라면서도 혼자였다. 아이가 자란 시설은 표면적 역할은 충실히 해주었지만 마음의 보호막을 쳐주지는 못했다.

단단한 껍질에 싸인 감정은 자신을 지키기 위한 수단이다. 하지만 속은 너무도 연약해 건드리기만 하면 폭발해 버리곤 한다.

우리 집에 온 아이들은 까칠하다. 어떤 아이는 사방에 가시를 달고 온다. 아이가 움직이는 반경은 모두 피 흘리는 상황. 아이 곁에 다가가는 사람이 줄고 같이 놀자는 친구도 없다. 점점 혼자가 되고 외로운 마음은 가시만 더 날카롭게 만든다.

녀석의 곁에 다가가면 아프다. 엄마인 나도 아프다. 아픈 엄마도 아픔을 표현할 다른 방법을 찾지 못하고 같이 폭발한다.

엄마도 아이도 가시가 돋쳐 있다. 마치 고슴도치 가족 같다. 온몸에 가시털이 있는 고슴도치. 위험에 처했다고 생각되면 가시털을 세우고 건드리지 못하게 방어한다.

고슴도치의 가시는 뻣뻣하다. 떨어진 가시 하나를 주워서 찔러보면 풍선도 터뜨릴 정도라고 한다. 이런 가시들이 엄마와 아이에게 있다. 가시를 세운 채 가만히 있으면 문제가 되지 않는다. 그러나 행여 자신을 위협한다고 느끼면 의도적으로 근육을 이용해 순간적으로 몸을 부풀린다. 이렇게 부풀린 고슴도치를 건드리면 100퍼센트 가시에 찔리고 만다.

그러니 우리 집은 어떠할까? 너나 할 것 없이 모두가 상처받은 채로 가시를 세우고 산다. 가까이 다가갈 수 없다. 서로가 서로의 가시에 찔려 온통 상처뿐이니.

"아니, 그러니까 왜 나한테만 그러냐구요? 왜 나만 미워하냐구요?"

절규는 결국 깊은 상처를 만든다. 서로 가시가 돋쳐 있으니 누가 먼저랄 게 있는가, 가까이 가기만 해도 찔리고 마는데.

고슴도치 딜레마다. 너무 가까이 가면 상처를 입고 거리를 두고 있으면 추위에 얼어 죽고 만다. 상처 없이 지낼 수 있는 따뜻한 거리를 찾아내야 한다. 함께 살아야 하는 운명 같은 가족이 아닌가.

싸우고 상처 입고 아물고, 또 싸우고 상처 입고 아물고를 반복했다. 수도 없이 싸운 경험은 참 기특한 해결 방법을 찾아냈다. 싸우면서 정든다는 옛 속담이 정답이 되었다. 같이 살아야만 하는 상황 덕분이었을까? 우리는 시간을 두고 천천히 친해졌다. 친해지는 과정에서 생긴 아픔을 서로 감수해 가며 아주 조금씩 가까이 다가갔다.

서로에게 다가가는 거리를 예측할 수 있었다. 뾰족한 가시 사이사이 어디쯤 멈춰야 할지를 계산할 수 있었다.

그리고 명확한 사실 하나를 깨달았다. 고슴도치는 뾰족하긴 해도 가시를 눕힌다면 크게 위협적이지 않다. 가시는 내부가 텅 비어 있고 그 공간에 공기가 채워져 있어 의외로 단단하지 않다. 굉장히 유연해서 가시를 내린 상태에서 만져보면 찰랑찰랑한 게 마치 윤기 있는 짧은 털을 만지는 느낌이 든다고 한다.

맞다. 비록 온 사방이 가시로 덮여 있지만 그것은 자신을 보호하기 위한 방패였을 뿐 상대방을 찌르기 위한 날카로운 무기가 아니었던 것이다. 고슴도치의 가시 속이 텅 비어 있는 것처럼 아이의 마음도 뻥 뚫린 채 채워지지 않는 허기로 가득하다는 것을 알아차렸다.

우리는 고슴도치 가족이다. 상처받지 않는 거리에서 서로가 서로에게 다가간다. 그 힘겨운 삶은 아주 천천히 사랑을 그려낸다, 고슴도치 사랑을.

집 나가면 개고생
_ 우리 집 반려 고양이처럼

사춘기 소녀의 가장 큰 질병은 가출이지 싶다. 북한의 김정은도 무서워한다는 질풍노도 전염성 바이러스. 근원을 알 수 없는 이놈의 병은 치료제도 없다. 사춘기 자녀를 둔 한국의 모든 가정을 초토화하는 무서운 질환. 우리 집에도 스멀스멀 찾아왔다. 미희가 초등학교 3학년 때의 일이다.

이제 겨우 초등학교 3학년인데 짐을 쌌다 풀었다를 반복하는 아이. 엄마도 처음 겪는 일이라 무섭기는 마찬가지다. 가로등도 없는 시골길을 한밤중에 나가겠다고 하니 심장이 멎을 것 같은 두려움은 너나 나나 마찬가지일 테지만 티를 내면 지는 거다.

"그래? 집을 나가겠다고? 후회 없는 선택을 해야 할 거다. 너!
집이 싫다고 나가면 붙잡지 않을 거야."

고집을 부리며 이겨보겠다고 덤비는 녀석을 상대하는 갱년기 엄마도 만만치 않다. 어디까지가 정점인지 가늠할 수 없다. 오직 사춘기 소녀 대 갱년기 엄마의 싸움만 있을 뿐이다.

"어디 한번 해봐요. 내가 못 나갈 것 같아요?"

한밤중에 책가방에서 책들을 내팽개치고 옷가지를 싸는 아이를 쳐다보는 엄마는 속으로는 얼마나 무서운지 손발이 덜덜 떨린다. 보다 못한 남편은 아이를 말리고 엄마를 말리고 한숨에 쩔쩔맨다.

"도대체 저 가시나는 왜 저렇게 고집이 센 거야?"

"당신이나 미희나 둘 다 똑같아, 내가 보기엔."

남편과 투닥거리는 사이, 아이가 없어져 버렸다. 정말로 이 오밤중에 집을 뛰쳐나간 것이다.

"오메 오메!!! 이것이 진짜 나가버렸네."

당황한 엄마는 이웃까지 동원해 아이를 찾기 시작. 이제 막 수요 예배를 마치고 돌아온 옆집 아줌마, 동생 언니 오빠까지 온 동네가 발칵 뒤집혔다. 도로를 따라 천천히 찾아보았지만 오간 데 없다. 멀리 갈 만한 시간은 아닌데 보이지 않는 것이 어디로 숨어버린 걸까?

"미희야, 미희야!"

소리까지 질러가며 시골 밤을 흔들어댔지만 찾지 못한 채 돌아왔다.

아이가 가출한 사건이 처음인 엄마는 추운 날씨에도 땀이 뻘뻘 나고 불안함에 잠시도 가만히 있을 수 없었다.

"신고해야 할까? 이 밤중에 길도 잘 모르는데 어떡해?"

신고를 해야겠다고 전화기를 찾는 순간 건물 안쪽 구석에서 가방을 멘 채 멋쩍게 나타나는 사춘기 소녀. 누가 이긴 걸까, 이 싸움은?

그 후로도 짐을 싸고 풀고를 몇 번 하던 반항아 소녀는 엄마의 갱년기에 항복(?)하고 제자리에 둥지를 틀었다.

몇 년이 지난 어느 날.

집에서 키우던 고양이가 집을 나갔다. 두 마리 중 한 마리가 몇 번 가출 행각을 벌이더니 급기야 집에 들어오지 않았다. 남아 있는 고양이 주머니(아빠가 추운 겨울 길바닥에 버려진 고양이를 주머니에 넣어와 살려 이름이 주머니가 되었다)를 보며 아이들이 말했다.

함께 지내던 주머니와 바구니

"주먼아? 너는 바구니(집 나간 고양이 이름이다. 돌림자를 써서 바구니로 지었다) 처럼 집 나가면 안 돼! 집 나가면 개고생이야."

가출의 추억을 갖고 있는 소녀는 집 나간 고양이 바구니를 떠올리며 무슨 생각을 했을까?

살려주세요

꾹 참았다, 눈물이 쏟아지려는 걸.

감정으로 흘러가면 진짜 해야 할 일을 놓치게 될까 봐 두 눈을 부릅뜨고 삐져 나오려는 액체를 막아내는 데 성공했다.

"김미희, 너 자신을 정직하게 돌아보고 있어!"

하굣길 차에 태우고 집으로 돌아오는 중에 마른 목소리를 앞세워 한마디 던졌다. 엄마를 속이고, 자신을 속이며 못난 짓을 해온 딸에게 매정한 말로 사태를 수습해 보려는 마음 약한 엄마의 애절한 표현이다.

"……."

몇 초의 정적이 흐른 뒤.

"엄마, 죄송해요."

안타깝고 안쓰럽고 미안하고 측은하고.

엄마는 터져 나오려는 눈물을 간신히 참아내야 했다. 여기서 무너지면 그동안 모질게 다져왔던 벌칙을 엄마 스스로 풀어버리고 말 것 같아 있는 힘을 다해 태연한 척했다.

사춘기 소녀의 방황을 이해 못 하는 엄마는 아니지만 몇 번을 반복적인 잘못으로 자신을 망가뜨리는 아이를 그냥 두고 볼 수는 없었다.

이 안타까운 소녀의 잘못은 '관심받고 싶은 마음'이었다. 사람은 무엇으로 사는지 잘 모른다. 하지만 아이를 키우면서 발견한 것은 아이들은 무엇으로 사는가? '관심받고 싶은 마음' 그것으로 살아가고 있음이다.

한 번, 두 번 버림받은 상처가 있는 아이는 '관심'이라는 허상에 목숨을 건다. 온통 자신의 인생을 건다. '누군가 나에게 마음을 준다면 나는 무엇이라도 줄 수 있어.' 이 마음은 아주 고약하다, 감정을 건드려 삶을 망가뜨리는.

"야, 이 멍청아! 너는 그런 이상한 채팅으로 아이를 꼬드겨 나쁜 짓을 하는 어른이 있다는 것을 모르냐? TV에서 맨날 그런 뉴스 나오는 거 안 봤어?"

모진 말을 하면서도 마음은 울고 있다. 외로워서, 관심받고 싶어서, 누군가에게 무엇이라도 되고 싶어 그랬다는 것을 알고 있다. 그 허전하고 뚫린 마음에 무엇이라도 채워야 살아갈 수 있는 외로운 소녀인 것을 알기에 더욱 안쓰럽고 측은하다.

그렇다고 잘못된 방법으로 관심을 받아내고 있는 무서운 행동을 그냥 두어서는 안 된다. 엄마는 그 나쁜 놈과 싸워야 하는데 눈에 보이는 딸만 족치고 있는 중이다.

"엄마, 다시는 엄마를 속이고 거짓말로 나 자신을 속이고 인생을 망치는 일을 하지 않을게요. 잘 안 돼요. 엄마가 도와주세요."

두 눈을 부릅뜬 엄마는 심장이 멎는 것 같은 아픔을 참으며 젖은 소리로 말한다.

"알았어, 엄마가 도와줄 거야. 엄마는 절대 포기 못 하는 거 알지?"

"네."

엄마와 딸은 겨우 숨을 쉬기 시작한다. 집으로 오는 길, 붉은 노을이 서녘 하늘을 메웠다. 참 이쁜 풍경이구나.

벌칙을 주었다.

첫 번째, 하루에 한 번 엄마가 내준 '긍정적인 사람이 될 수 있는 언어 습관' 50개 쓰고 큰 소리로 말하기.

두 번째, 저녁 9시가 되면 무조건 책상에 앉아 하루를 반성하고 감사했던 것을 찾아 공책에 한 바닥 가득 채우기.

세 번째, 못난 자신만 바라보지 말고 함께 사는 가족 돕기(신발장 정리, 밥상에 숟가락 놓기).

마지막 벌칙, 동생들에게 따뜻한 말로 대화하기. 할 말이 있을 때는 반드시 엄마에게 직접 와서 정직하게 말하기.

사소한 것이다. 아주 사소해서 '뭐, 이런 벌칙쯤이야' 할 수 있는 것들이다. 하지만 실제로는 사소하지 않다. 중요한 작은 습관이다. 남을 위해 흩어진 신발을 정리해 주는 것 — 신발을 정리하면서 뭔가를 배워갈 것이다. 밥상에 숟가락 놓는 것 — 자신의 입만 생각하지 않고 다른 사람에게 관심을 갖게 될 것이다. 동생들과 따뜻한 대화를 하는 것 — 감정을 정리하고 다정하게 표현하는 법을 찾게 될 것이다. 엄마에게 직접 솔직하게 자신의 욕구를 표현하는 것 — 그것은 사람을 믿을 때 가능한데 믿음을 습관화하는 것이다.

이 작은 습관은 부정적인 방법으로 관심을 받으려는 것을 긍정적 방법으로 돌려보는 훈련이다. 아이는 이제껏 자신에게 혹은 타인에게 긍정의 말을 듣지 못하고 자랐다. 그래서 자신에게 먼저 긍정적인 표현을 해 줘야 한다. 그렇게 하다 보면 긍정의 습관이 자리 잡게 될 것이다.

믿는다. 믿어야 한다. 믿음은 바라는 모든 것의 실상이 되기 때문이다.

우리 집은 몇 달 전부터 너나 할 것 없이 긍정 단어 쓰기 놀이가 시작되었다. 저녁 9시가 되면 책상에 긍정 단어 공책이 줄을 선다.

"엄마, 긍정 단어 50개 다 썼어요. 정말 기분이 좋아요."

"엄마, 긍정 단어 공책 다 썼어요. 또 사주세요."

내일은 문구점에 가야겠다. 이번에는 두꺼운 공책을 사와야지.

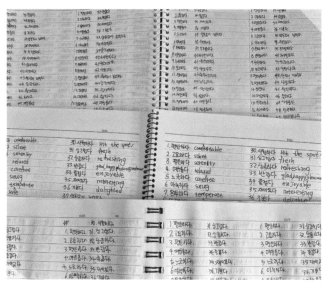

긍정 단어로 빼곡히 채워진 아이들의 공책

☺ 긍정적인 사람이 될 수 있는 언어 습관 ☺

1안하다 comfortable	18. 부드럽다 tender	35. 재미있다 interesting
고요하다 silent	19. 아름답다 beautiful	36. 기쁘다 delighted
평온하다 serenity	20. 행복하다 content, joyful	37. 생동감이 넘치다
여유롭다 relaxed	21. 감동적이다 touching	38. 후련하다
느긋하다 carefree	22. 감사하다 thankful, grateful	39. 홀가분하다
아늑하다 snug	23. 사랑스럽다 lovable	40. 속시원하다
온화하다 temperate	24. 흐뭇하다 delighte	41. 유쾌하다
안전하다 safe	25. 뿌듯하다 completed	42. 살맛나다
든든하다 confident	26. 보람있다 be worthwhile	43. 활력이 넘치다
0. 포근하다 cozy, snug	27. 만족스럽다 satisfactory	44. 당당하다
1. 평화롭다 peaceful	28. 흡족하다 satisfied	45. 활기차다
2. 평안하다 peaceful, not ill	29. 상쾌하다 refreshing	46. 힘차다
3. 정겹다 attachant	30. 시원하다 Hit the spot!	47. 자유롭다
4. 대단하다 Incredible!	31. 싱그럽다 fresh	48. 신바람 나다
친절하다 kindness	32. 상큼하다 refreshing	49. 황홀하다
화사하다 gorgeous	33. 반갑다 glad, happy, pleasant, welcome	50. 날아갈 듯 한 기분이다.
따사롭다 warm	34. 즐겁다 enjoyable	이제는 긍정적인 사람이 될 것 같다

아이들에게 긍정의 습관을 키워줄 50개의 단어

안 되면 욕이다!

가장 쉬운 감정 표현 방법!
욕이다.

욕은 마음속에 억압된 감정의 응어리를 시원하게 풀어내는 약(?)이다. 때때로 엄마는 아이와 이런 욕 대화를 터뜨린다.

평소에도 썩 친절한 엄마는 아니다. 늘 잔소리하고 해라, 하지 마라 지시하는 엄마가 아이는 귀찮기만 하다.

"숙제했어?"
"양치했어?"
"속옷은 갈아입었어?"
"방 정리는 했어?"

모든 질문에 언제나 "아니요"로 정답 처리하는 아이들. 거의 모든 물음에 '아니요'로 답이 나오니 뚜껑이 열릴 때가 한두 번이겠는가.

엄마의 잔소리가 싫겠지. 그럼 엄마는? 엄마는 잔소리가 좋아서 하냐? 그럴 리가 없지. 서로의 합의점을 찾지 못하면 폭발할 수밖에 없다.

욕은 카타르시스다. 서로에게 말이다.

누가 먼저 시작했는가는 중요하지 않다. 일단 뚜껑이 열리면 퍼붓기 시작한다. 세상에 들어보지도 못한 쌍욕은 가히 예술에 가깝다. 거칠기로 치면 누구에게 뒤지지 않는 전공자다. 삐뚤어진 혹은 기울어진 출발점이 만든 결과다. 별로 놀랍지 않은 현장이다.

엄마도 처음부터 이렇지는 않았다. 새로운 아이가 올 때마다 감사했고 잘 키워보리라 기도했다. 사랑을 표현했고 마음을 열었다. 극도로 예민한 갱년기를 거치면서도 약을 먹어가며 참아내고 속을 끓이며 절제했다.

아이도 엄마를 보면서 배웠겠지. 엄마도 아이들을 보며 배운 게 틀림없다. 서로가 서로에게 좋든 싫든 영향을 주고받으며 사는 가족 공동체니까.

"당신이 뭔데? 진짜 엄마라도 되냐고? 씨발, 잔소리 듣기 싫다고!!!"

"뭐? 당신? 씨발? 야, 아무리 그래도 당신이라니? 씨발이라니? 너 정말 미친 거 아냐?"

"그러니까 그만 좀 하라고요."

아주 조금 누그러진 목소리를 알아챈 엄마. 서서히 전쟁을 끝낼 준비를 한다. 누군가는 쏟아내야 하고 누군가는 받아내야 한다. 반복되는 상황이지만 아주 천천히 서로를 눈감아준다. 엄마는 아이를, 아이는 또 엄마를. 그렇게 해야 함께 살 수 있음을 안다.

며칠이 지나면 아이는 쪽지 한 장을 보낸다. 휘갈겨 쓴 글씨에 정제되지 않은 마음을 담아 화해를 요청한다. 엄마 또한 같은 생각이다. 서로가 서로를 잘 안다. 화를 내도 욕을 해도 마음은 그렇지 않았다는 것을.

시간이 지나면 싸움도 발전한다. 분명 좋은 쪽으로다. 습관적으로 터졌던 분노가 한 번 두 번 절제되고 표현 방법도 순해진다.

서로의 감정 뚜껑이 열리는 지점을 포착하고 또 누가 먼저랄 것도 없이 "예, 알겠어요", "그래, 그만하자"로 정리된다.

요즘에는 감정 카드를 이용해 표현하는 법을 나눈다. 아이의 표정 속에 뭔가 불편한 것이 보이면 엄마는 저녁 시간을 비워 아이와 일대일 카드놀이를 한다.

"미희야, 오늘 학교생활, 혹은 학원에서 친구들과 노는 중에 누구의 감정을 찾아 말해볼까?"

직접 자기의 감정을 찾으라 하면 뻘쭘해하고 싫은 티를 내기 일쑤라 친구의 감정을 찾아보자고 하며 슬쩍 비켜간다.

책상에 펼쳐놓은 감정 카드를 쳐다보던 아이는 '긴장한'이라고 적힌 카드를 집어든다.

친구의 감정을 찾았지만, 사실은 오늘 자신의 감정이란 걸 알 수 있다. 그래도 모른 척 물어본다.

"그렇군. 그 친구는 왜 긴장했을까?"
"몰라요. 그냥 긴장한 것처럼 보였어요."
그다음 찾아낼 감정은 엄마의 감정이다.
"이번엔 요즘 엄마의 감정을 한번 찾아주라. 만약 엄마의 감정을 정확하게 맞히면 선물이 생긴다."

'피곤한.'
엄마는 오늘 피곤한 것처럼 보인다며 '피곤한'이란 감정 카드를 집어들었다.
들켰다. 아니, 맞혔다가 정답이지.
엄마와 아이는 조금씩 가까이 다가간다. 서로의 감정을 이렇게 알아차리고 표현하고 이해한다. 함께 살아서 가능한 놀라운 변화는 아이에게만 생기는 것이 아니다. 못되고 상스러운 엄마에게도 봄날의 햇살처럼 다가오고 있다.

기억 새롭게 덧입히기

이제 막 중학생이 된 소녀. 키가 작고 몸이 마른 편이라 맞는 옷을 골라 입기가 어렵다. 중학교부터는 교복을 입게 되니 옷 걱정은 조금 덜었다 싶었는데 2학기부터 교복을 입을 거라는 통보를 받았다. 할 수 없이 급하게 옷을 사기 위해 저녁 시간을 빼서 아이와 함께 매장에 갔다.

이것저것 골라보는데 아이나 엄마나 패션 감각은 제로다. 큰언니가 함께 나서서 옷을 골라주었다. 하지만 아이는 스타일이 다르다, 안 예쁘다 하면서 투정만 한 사발. 언니의 도움도 소용이 없다. 옷을 입어야 하는 당사자인 딸, 시큰둥한 채 무슨 옷을 골라줘도 반응이 없다.

"이 옷은 어때? 바지가 조금 헐렁하니 마른 몸을 가릴 수 있어서 괜찮지 않아?"

"네……, 그냥."

"너는 얼굴이 하야니까 밝은 옷이 어울릴 것 같다."

흰 셔츠에 조끼를 골라줘도

"뭐 그러시죠."

답답한 마음에 스멀스멀 화가 올라온다.

"수미야, 그러지 말고 한번 골라봐. 입고 싶은 스타일이 있잖아."

"네……. 아무 거나요."

금은보화를 갖다 바쳐도 놀라지 않을 무표정이 짜증을 불러온다. 도대체 저 녀석은 속에 뭐가 든 거야. 기쁨도 슬픔도 없는 무미건조한 표정과 말투, 무엇을 해줘도 싫다 좋다를 표현하지 않는 속마음. 사춘기까지 겹쳐서 안으로만 파고 들어가는 모습. 답답하다.

딸의 기억 깊은 곳에는 우울이 있다. 하지만 처음부터 우울했던 것은 아니다. 18개월에 엄마에게 왔을 때는 보통의 어린아이였다. 잘 자고 잘 먹고 감정 표현도 명확하고 요구사항도 당당했다. 갑작스럽게 낯선 환경에 떨어졌음에도 기죽지 않은 강한 아이였다.

어른들은 잘 몰랐겠지. 아이들의 마음이 얼마나 상처받기 쉽고 아픔을 표현하기 힘들어하는지를.

그저 잘 먹고 잘 자면 착한 아이라고 생각한다. 급작스러운 환경 변화에 아이는 그저 어른들의 형편에 따라 움직일 수밖에 없다. 어른들의 최선이 아이에게 최악일 수 있다는 것을 잘 모른다. 오랜 시간 아이를 키워온 엄마도 모르는 것투성이다.

자신의 의지와 상관없이 낯선 환경에 내던져진 아이는 본능적으로 자신을 지키기 위해 여러 가지 방법을 찾는다. 어떤 아이는 폭력적으로 변하기도 하고 어떤 아이는 소심해지고 또 어떤 아이는 자신을 해치는 것을 선택하기도 한다. 모든 행동은 그저 자신을 방어하기 위한 필사적인 노력이다.

녀석은 여러 방법 중 우울을 선택한 것 같다. 감정을 표현할 길이 없었을 것이다. 그래서 표정을 숨기고 마음을 숨기다 보니 세상이 온통 무미건조해져 버린 것이다.

시간이 지날수록 아이의 감정은 더 내려앉았고 이제는 어떻게 표현해야 하는지 마음의 길을 잃었다고 해야 할까.

엄마 아빠가 없는 처음 환경. 괜찮은 척했지만 그렇지 않았을 것이다. 얼마나 무섭고 두려웠을까? 그런 기억을 지워내려고, 잊어보려고 애를 쓰다 보니 이제는 정말 어떻게 표현해야 하는지조차 잊어버리게 된 것이다.

아이를 위해 감정 카드놀이를 시작했다. 오래전에 해보았지만, 소득이 없어 포기하고 묻어두었는데 다시 꺼냈다.

헌 옷을 수선하듯 기억 저편의 어떤 부분을 꺼내 새로운 기억으로 덧입히고 싶었다.

기억의 일부를 재생시키고 상처 난 부분을 만져주고 얼룩진 부분은 깨끗이 닦아주고. 좋은 기억을 만들어주고 예전 기억을 덮어주고 새로운 오늘을 얹어주고.

하루아침에 되지 않는 것을 알지만 끊임없이 해보려 한다. 아이가 덧입혀진 새로운 기억으로 밝게 웃으며 엄마를 볼 수 있을 때까지.

죄송합니다

아이들을 학교에 보내고 편안히 늦은 아침을 먹는데, 전화가 왔다. 이 시간에 울리는 소리는 희소식이 아니다. 엄마의 직감은 적중이다. 이번에는 학부모의 전화다. 학부모의 전화는 더 무섭다.

"재준 엄마! 제가 아침부터 전화를 할까 말까 망설이다 합니다."

격앙된 상대 엄마의 억양 높은 소리가 아침을 흔든다. 아이의 목에 멍 자국과 상처 자국이 있어 무슨 일이냐 물으니 재준이가 통학차에서 목을 조르고 때렸다고. 당신도 아이를 키우는 엄마이니 이해할 거라며 품어대는 칼칼한 목소리. 수화기를 타고 들어오는 분노를 듣고 있자니 맛있게 넘어가던 밥알이 다시 나올 것 같았다. 속사포처럼 쏟아놓는 상황을 더 이상 참지 못한 성질 급한 이 엄마, 같이 목청을 높였다.

"예! 어머니! 그래서 어떻다는 건가요? 일방적으로 한쪽 말만 듣고 지금 저에게 사과하라는 건가요?"

엄마는 억울하고 분했다. 이런 종류의 전화는 종종 받는다. 그때마다 그들이 말하는 결손가정의 못된(?) 자식 가진 죄인 엄마는 늘 '죄송합니다, 미안합니다, 이해해 주세요' 최대한 예의를 갖춰 잘못을 인정하고 용서를 구해왔다. 그러다 보니 엄마들 사이에 소문이 났을까? 그집 애들은 못됐고 항상 아이들을 괴롭힌다고. 앞뒤 없이 다짜고짜 판정하고 화풀이하듯 전화해 성질부리는 것 같아 울화통이 터질 지경이었다.

의외의 태도에 발끈했을까? 밀리면 진다고 생각했을까? 그 엄마, 처음보다 더 매섭게 화를 낸다.

이 엄마 질 수 없지. 상대보다 더 큰 소리로 퍼부었다. 핸드폰을 쥔 손이 덜덜 떨렸다. 옆에서 보다 못한 남편은 그만하라는 시늉을 하며 말렸지만 이미 엎질러진 물이 되고 말았다. 전화로 안 되니 만나서 따지자고 했다. 상대도 격앙된 목소리가 그대로 묻어 나오며 알았다고, 언제 만날지 약속하자며 끝까지 소리를 지르다 전화를 끊었다.

잠시 숨을 고른 후 생각했다. 도대체 이 녀석은 무슨 잘못을 하고 다니기에 엄마가 이런 수모를 당해야 하는가.

어쨌든 우군을 모아야 한다. 이기려면 내 편이 되어줄 사람을 찾아야 한다. 제일 먼저 통학차 선생님께 구원 요청을 했다.

사정을 이야기했지만 우군은 되어주지 못했다.

"어머니, 사실 재준이가 장난이 심하긴 해요. 통학차에서 있었던 일은 잘 모르지만, 아이들 사이에서도 좀 그래요."

어라, 안 되겠다 싶어 아이가 다니는 센터를 찾았다.

"어머니, 재준이가 문제가 있긴 해요. 센터에서도 아이들이 재준이를 무서워해요. 너무 거칠고 욕도 많이 하고 소리도 지르고……."

마지막으로 도움을 청할 사람은 담임 선생님.

"선생님, 저 재준 엄마예요. 우리 아이가 요즘 어떻게 지내는지 궁금해서 전화드렸습니다."

조금 누그러진 겸손한 태도를 보였으나 완패다.

"어머니, 재준이가 학급에서도 아이들과 문제가 있어요. 친구들이 재준이와 노는 것이 무섭다는 이야기를 해요. 그리고 그런 일들은 잘못 다루면 복잡한 상황이 될 소지가 있습니다."

아이고야, 이쯤이면 엄마는 꼬리를 내려야 한다. 더 이상 감정적 대응은 좋은 결과를 낳지 못한다는 결론이 났다.

상황을 정리해야 하는데 용기가 나지 않았다. 어떻게 마무리해야 할지 답이 나오지 않아 쩔쩔매며 점심을 넘겼다.

일단 자존심을 버리자. 다시 감정에 호소해야 한다. 정말 부끄럽고 속상했지만 어쩔 수 없다. 전화를 할까 하다 문자를 보냈다.

상대 엄마의 카톡을 찾았다.

어머니, 죄송합니다. 아침에는 저도 모르게 마음이 상해서 그랬네요. 우리 아이가 잘못했는데 어머니에게 화풀이하듯 해서 죄송합니다.

'죄송합니다'라는 말에는 너무 많은 감정이 담겼지만 일단 마무리가 되었다. 같이 아이를 키우는 엄마의 입장이니 괜찮다는 답변을 받았다.

　가지 많은 나무다. 바람 잘 날 없다. 그래도 그 가지, 바람에 흔들려도 부러지지만 않으면 된다. 흔들리면서 뿌리를 더 깊이 내릴 것이다. 어느 시인이 말했다. 흔들리지 않으면서 피는 꽃이 없다고. 우리 아이들도 매일 흔들리며 큰다. 흔들리며 크되 꺾이지만 않으면 된다고 마음을 정했다. 그래도 아픈 마음으로 며칠을 끙끙거리며 보내야 했다.

저 그렇게 나쁘지 않아요

궁금한 내용이 있어 학교 담임 선생님께 전화를 했다. 선생님과의 통화를 좋아하지 않는 엄마이지만 확인해야 할 사항이라 고민 끝에 용기를 냈는데, 선생님께서는 내심 기다리고 있었다는 듯 말씀하신다.

"네, 어머니. 그 상황은 종료되었고 문제가 되지 않는 일이었습니다."

여기서 끝나야 하는데,

"안 그래도 어머니, 전화드리려고 했습니다."

'아이쿠야! 올 것이 왔구나.' 심장이 먼저 반응한다.

아이가 들을까 싶어 방문을 살짝 닫았다. 목소리를 최대한 낮추고 보이지도 않는 공손함으로 허리를 구부리며 말씀을 들었다.

"어머니도 잘 아시죠?"

"네, 잘 알죠."

내용이 시작되기도 전인데, 어떤 이야기를 하려는 건지 사건을 듣지도 않았는데 엄마는 과도한 수용 태도를 보이고 있지 않은가. 무조건적 반응이 아닐 수 없다. 자식 가진 엄마가 죄인이라도 된 듯하다.

"재준이가 학교에서 교우 관계에 문제가 있어 보입니다."

선생님의 절제된 말씀이 더 죄송하다. 시골 초등학교 선생님, 학교 전체 학생 수가 50명도 채 안 되는 작은 학교에 무슨 큰일이 있을까. 모두가 형이고 동생이고 친구 같은 학교에 말이다. 입학할 때 같은 반이 졸업할 때까지 같은 반으로 동고동락 모든 것을 다 아는 사이.

"네. 선생님, 저희 아이가 좀 사회성이 부족합니다. 나쁜 마음은 아닌데 태도나 언어 습관이 조금 거칠고 자기주장이 강하다 보니 그럴 거예요. 집에서 여러 아이와 생활하다 보니……"

아니, 내가 지금 뭐 하고 있는 거야 싶게 먼저 선수를 치고 있다. 고슴도치도 내 자식은 예쁘다는데 이 못난 엄마는 땀을 뻘뻘 흘리고 발음조차도 시원찮게 아이를 일러바치고 있지 않은가. 그래야만 선생님께 동정표라도 받을 수 있다는 반작용임이 분명하다.

"네, 어머니. 어머니께서 더 잘 아시죠. 제가 조금 더 세심하게 살펴보겠습니다. 너무 걱정하지 마시구요. 자라는 과정이라 생각하면 될 것 같습니다."

그 위로가 위로는 되지 못하지만 그래도 이만하길 다행이다 싶게 서둘러 전화를 끊었다.

천진난만 아무것도 모른 채 독서삼매에 빠져 있는 아이를 불렀다.

"재준아, 잠깐 거실로."

여러 설명을, 아니 잔소리를 하기 시작한다. 토씨 하나 틀리지 않는 말로 말이다. 재생 버튼이 눌러져 있었다면 아마 그대로 재연되었을 만큼이다.

이런 훈육 방법으로는 아이의 습관이나 태도를 변화시킬 수 없다는 것을 모르지 않는 엄마다. 그럼에도 엄마는 달달 외우기라도 한 듯 토해내고 만다. 괴로움에 몸부림치는 아이를 아빠가 달래준다. 고마운 남편. 못난 엄마의 뒤처리를 말없이 해준다.

다음 날 아침, 해맑은 우리 아이는 맛있는 밥상을 보고 기분이 좋아 있다. 엄마만이 어제의 일을 털어내지 못하고 있는 것이다.

책을 좋아하는 아이는 밥을 먹고 책상에 앉아 책을 읽고 있다. 소파에 앉은 엄마도 책을 읽는다. 책을 읽던 중 좋은 문장이 나오면 줄을 긋고 표시하는 습관이 있는데, 오늘은 펜을 준비하지 못했다.

"재준아, 거기 연필 좀 엄마에게 던져줄래?"

말이 떨어지기가 무섭게 아이는 연필을 냅다 던진다.

"픽!"

순간 날아온 연필을 잡다 놓치고 만다.

"재준이가 어제의 일을 잊지 않고 엄마에게 복수하는 거야?"

"엄마, 저 그렇게 나쁘지 않아요."

아이의 무심한 한마디에 엄마의 완패로 사건이 마무리되었다.

조폭 따라하기

밤의 세계는 누구도 믿을 수 없다.

아이들이 잠든 것을 확인하고도 몇 번을 더 둘러보아야 한다. 굿 나잇 인사도 하고 불도 꺼준다. 피곤한 엄마도 스르르 눈이 감기는 시간. 어둠을 깨우는 조용한 속삭임이 들린다. 유난히 잠귀가 밝은 엄마가 있다는 사실을 잊은 걸까? 문이 열리고 작은아이가 까치걸음으로 걸어가는 소리가 잡힌다. 잠시 후 언니방 문이 끼익 열리고 닫힌다.

"애들 방에 한번 가봐야겠어요."

달콤한 꿈을 꾸는 남편을 툭툭 치며 업무명령을 내린다.

"아니, 또 왜?"

"애들이 나와서 돌아다니는 것 같아요. 방문 열리는 소리가 들렸다고."

"징그럽게 피곤한 사람이구만, 정말. 들은 사람이 가봐. 피곤해!"

성격유형(MBTI) ESTP인 남편은 예민한 나를 이해할 수 없다. 그것도 한밤중에 잠든 남편을 깨워대니 좋아할 리 없지.

들여다봐야 하나, 그냥 자도 되나를 생각하다 족히 30분을 넘긴 듯하다. 이놈의 성격은 발견된 무엇을 두고 그냥 지나치지 못한다. 남편은 그런 나를 예민하니 뭐니 하며 핀잔주기 일쑤지만 그런 나의 과민함(?) 때문에 우리 가정이 큰일 없이 지내고 있다는 것을 나도 알고 당신도 알 잖아.

뒤척이는 마님을 그냥 놔둘 수 없는 사랑스러운 머슴님, 이불을 걷어낸다.

"가보세, 가봐. 확인해야 잘 수 있지?"

주섬주섬 옷을 챙겨 입고 둘이도 까치발이다.

방문 앞까지 왔지만 소리도 없고 문도 단정히 닫혀 있다.

"분명히 들었어요. 문 여닫는 소리."

확인 사살을 위해 조용히 노크하고 문을 연다.

순간, 영화에서 봤을까? 조폭들이나 하는 장면이다. 언니는 침대에 편안히 누워 있고 양옆으로 동생들이 졸린 눈을 하고 언니의 다리를 한쪽씩 주무르고 있는 게 아닌가. 놀란 건 아이들이 아니라 엄마 아빠다. 잠에 취한 아이들은 문이 열리고 엄마 아빠가 서 있는 것도 모른 채 습관적으로 손만 움직이고 있다.

"어머나 세상에, 너희들 지금 뭐 하는 거니?"

후다닥 일어난 언니의 변명이 더 화가 난다. 우리 아이들의 첫 대사는 무조건 '아니'부터 뱉어내고 시작한다.

"아니, 엄마. 애들이 먼저 와서 다리 주물러준다고 했어요. 맞잖아, 니들이 와서 그랬잖아. 나는 괜찮다고 했는데……"

"……"

동생들은 아무 말이 없다. 그저 이 상황을 빨리 끝내고 자고 싶은 마음뿐인 것이다.

밤 12시가 넘은 시간이다. 남편은 조용히 나를 밀어내고 아이들을 재운다. 사태 수습을 잘해준 남편이다.

"나 때도 그랬어. 너무 심각하게 보지 마. 애들 사이에선 그럴 수 있어."

방에 들어온 남편은 대수롭지 않다는 말로 진정되지 않는 나를 위로하려 한다.

"그러니까, 이런 상황을 그냥 넘기란 말이야? 어떻게 언니가 돼서 그래? 조폭이야? 이건 조폭이나 하는 짓거리지."

다음 날 아이를 한 명씩 불러 설명을 들어보았다. 동생들은 언니가 무서워 대답을 하지 않았다. 엄마에게 말하는 모든 것은 비밀로 지켜줄 것이니 안심하라는 약속을 해주었다.

"하고 싶지 않은데, 언니가 자꾸 불러서 다리 주무르라고 했어요. 언니가 있던 예전 시설에서는 큰언니들이 다 그렇게 했다고."

막내가 울먹이며 말했다.

"엄마, 절대 말하면 안 돼요. 언니한테 또 혼나요."

어제오늘 일이 아니었구나. 엄마가 보이지 않는 사각지대에서 벌어진 일들에 대해 함구해 달라는 아이의 말에 가슴이 아팠다.

언니의 변명도 들어야 했다.

"죄송합니다."

얼굴엔 죄송이 하나도 없는데 입에서 "죄송합니다"라는 말만 삐죽거린다.

이전 시설에서는 문제 되지 않았던 상황이라고 했다. 선생님들이 다 퇴근한 한밤중이면 종종 언니들이 동생들을 모아놓고 했던 일이라고 했다. 더하면 더했지 덜하지 않았다는 말에 말문이 막혔다.

엄마는 또 잔소리를 시작했다. 우리는 가족이고 이전 기억은 잊으라고 말했다.

"네……."

풀 죽은 아이들을 보고 있자니 숨이 막힐 것 같았다.

천천히 가자, 천천히.

훌훌 털어내면 어떨까?

어느 날 중학생 딸이 책을 읽으며 뭔가를 열심히 적고 있다. 읽어보라고 권하지도 않은 책을 읽으며 뭔가를 적어 내려가는 아이를 유심히 본다. 코를 훌쩍이면서 책을 뒤적인다. 궁금이 넘친다.

"가은아, 무슨 책이야? 숙제야? 뭐야?"

"학교 수행평가예요. 책 읽고 질문을 만들어오는 거예요."

책 이름이 특이해서 무슨 책인가 하고 보니 제목이 《훌훌》이다.

"훌훌? 무슨 내용이야?"

"엄마 한 번 읽어보세요. 재미있어요."

책을 받아들고 이리저리 훑어보다가 조금은 걱정스러운 마음으로 물었다.

"너, 이 책 다 읽었어?"

"네!"

아주 자연스럽게 말을 마치는 아이를 뒤로하고 책을 펴서 읽기 시작했다. 입양에 관한 이야기, 가족관계에 대한 내용이다. 아이에게는 무겁고 힘든 문제일 듯한데 아무렇지도 않게 툭 뱉어낸다. 거기다 재미있게 읽었다는 말에 엄마 얼굴이 더 붉어졌다.

우리 가족은 친부모에 관한 이야기는 무언의 금기다. 될 수 있으면 삶에서 멀리 혹은 깊은 구석에 박아놓고 꺼내지 않는다. 잘못 꺼내면 바닥부터 올라오는 상처를 감당하기 힘들기 때문이다. 나 또한 접근하기 쉽지 않은 문제이다. 아이들의 엄마라고 자부하는데도 말이다.

책을 다 읽고 무거운 마음을 들킬까 봐 조마조마하고 있는데 녀석은 또다시 '툭' 뱉는다.

"엄마, 다 읽었어요? 재미있어요?"

에라, 모르겠다. 이럴 땐 숨김없이 까발릴 수밖에 없다.

"응, 재미있던데? 제목이 '홀홀'이잖아. 뭔가 뜻이 있는 것 같아 좋았어. 넌 어땠어?"

아이는 잠시의 멈춤도 없이 말한다.

"그냥 가족에 관한 내용이고 제 처지와도 비슷해서 공감도 되고 좋았어요."

자신의 처지와 비슷해서 공감이 갔다는 말에 엄마는 잠시 긴장을 풀고 이야기를 나눠보기로 했다. 제법 어른스러운 말을 하는 아이는 조금은 쓸쓸한 표정이다. 상처투성이 감정을 이렇듯 가볍게 툭 쳐내는 모습이 애처로웠으나 마음을 단단히 먹고 다시 물었다.

"그래, 어떤 부분에서 공감이 갔어?"

여러 이야기 끝에 우리는 같은 결론에 도달했다.

아빠의 이야기도 해주었다. 아빠도 어릴 적 보육원에서 자랐고 그런 생활을 다른 친구들이 알까 봐 숨기려 했고, 그것이 자신을 옭아매고 불편하게 했던 것들이었다고. 그런 과거로부터 도망치기를 40년이 넘었을 때 막다른 골목에 서서 도망칠 수 없는 상황을 만났다고.

어쩔 수 없이 자신을 까발리고 맨살로 세상 앞에 섰다고. 그때의 그 경험은 오늘 너희들을 키우는 밑거름이 되었다고. 그러니 숨길 수 없는 상황을 숨기려 에너지를 쓰지 말자고.

이런저런 이야기를 나누는 동안 엄마는 가슴이 먹먹했다. 좀 더 강해져야 한다는 것을 말하기 위해 우리는 얼마나 많은 시간을 상처 앞에 서야 할까?

이 책의 제목처럼 '훌훌' 털고 일어나길 기도한다. 자신의 삶을 인정하고 받아들이고 거기서부터 시작해 보자고. 과거를 싹둑 끊어내면 나의 내일은 가뿐하겠지만 그 과거는 절대로 싹둑 끊어낼 수 없으니 인정하고 받아들이자고.

그 모든 순간, 거기에는 항상 지금의 엄마, 아빠가 있어줄 거라고 말해주었다. 그 믿음이 사실이길 간절히 바라며 조심스럽게.

개멋에 얼어 죽을 우리 딸들

올해는 겨울바람이라 해봐야 살짝 콧물 정도다.

이번 겨울은 얼어 죽을 일은 없을 것 같다.

하지만 우리 딸들은 얼어 죽을지도 모른다.

중학생이 된 소녀. 어디서 날아 들어온 건지 알 수 없는 개멋이 그녀
를 괴롭히는 것 같다.

"야! 제발 치마 좀 내려 입어!"

"엄마, 다른 애들은 더 짧아요. 진짜."

겨울바람이 차가울수록 아침의 잔소리는 큰소리로 바뀐다.

치마 길이는 그렇다 치고, 도대체 이 추운 날 맨살이 웬 말인가 말이다.

"수미야, 검은색 스타킹이 싫으면 살구색이라도 신고 가라. 제발."

"진짜! 엄마! 애들이 놀려요."

실랑이로 아침을 데워서인가, 그녀들의 맨살 투혼이 뜨겁다.

치마 길이는 학년에 따라 다르다.

고등학생 무릎 3센티미터, 중학교 2학년 무릎 2센티미터, 막내 갓 중학생은 그래도 2센티미터 정도는 입어야 하는데 막내 주제에 언니들보다 치마 길이가 더 짧다.

와~ 정말 '라떼는 말이야'가 입 주변을 서성인다.

기온이 떨어진다는 소식에 어제 검은색 스타킹 사놓았기에 반협박으로 말한다.

"입어라~ 너."

입을 리 없는 개멋 소녀, 학교 가는 뒤통수에 대고 소리 질러본다.

"야~ 추워서 얼어 죽으면 니 묘비명에 이렇게 쓸 거야. 수미, 개멋 부리다 얼어 죽음."

듣고 있던 초등학생 개구쟁이 딸은 언니들의 반항이 싫었나 보다. 엄마 소리에 한술 더 뜬다.

"엄마, 묘비 위에 검은색 스타킹 올려놔요. 하하하."

뭐들 편할까?

차만 타면 불평이 터져 나온다. 그럴 수밖에 없다 싶지만 반복되는 짜증에 괜찮을 부모가 얼마나 될까? 변함없는 상황에 변함없이 불만인 아이들.

우리 집 차는 쏘렌토 구형 7인승이다. 아이들 모두를 태우려면 좁고 힘들 수밖에 없다. 그래도 한 번에 움직이는 것이 경제적이라는 이유로 밀어넣고 또 밀어넣는다.

"애들아, 쫌만 참자. 조금씩만 양보해. 금방 가니까 불편해도 참아봐."
"엄마, 언니가 너무 뚱뚱해요. 자리를 많이 차지한다구요."
"내가 뭘? 나도 좁아, 불편하다고. 씨……."
"야, 시끄러워! 그냥 있어!"

이런 실랑이가 2년 넘게 계속되다 보니 태우는 엄마나 타는 아이들 모두가 지친다. 더군다나 금요일이면 오케스트라 수업이 있어 온갖 악기

(바이올린 2대, 클라리넷 2대, 트럼펫 1대)까지 싣고 타야 하니 차 안은 온통 전쟁터다.

방법을 찾지 못하고 양보도 없으니 어쩌랴, 대한민국 대표 놀이 '가위바위보'를 시킨다. 이긴 사람부터 차례로 앉고 싶은 자리에 앉기다.

어라, 이제는 차 안이 아니라 차를 타기 전부터 시끌시끌 난리다. 그래도 이기고 진 것은 명확하게 나오니 불편을 참는 게 조금 쉬운 듯하여 탈 때마다 '가위바위보'를 하게 했다.

방법이 통했나, 얼마간은 조용하다. 하지만 근본적인 불편은 없앨 수 없다. 또다시, '가위바위보' 전쟁이다. 언니가 먼저 냈다, 아니다 나중에 냈다, 가위인지 주먹인지 알 수가 없다는 둥, 아이고, 머리야! 해결책을 찾아야 했다.

큰 차를 구할 방법을 연구하던 중, 한수원-한국수력원자력(주)에서 차량 지원사업이 있다는 정보를 찾았다. 온갖 인맥(?)을 동원하고 사업계획서를 써서 제출했다.

"애들아, 엄마가 차를 구할 방법을 찾았어. 너희들은 열심히 기도하고 기대해라."

말이 떨어지기가 무섭게 박수 치며 좋아하는 아이들. 이젠 무슨 싸움인가? 차가 오면 앞자리는 내가 차지할 거라는 둥, 다시 '가위바위보'를 해서 자리를 정해야 한다는 둥, 그건 불공평하니 한 번씩 돌아가면서 앉는 게 맞다는 둥, 벌써 차가 와 있는 것처럼 야단법석이다.

해가 저무는 12월의 끝자락까지 아이들은 매일매일을 참고 또 참고, 싸우고 또 싸우며 보냈다.

짜잔!!!

드디어 기다리고 기다리던 차가 왔다. 샛노란 차 스타리아 킨더. 11인 승이니 마음 놓고 타도 자리가 남으니 이제 싸움은 끝이구나 생각했다. 과연?

2라운드 전쟁. 진짜 못 말리는 우리 가족, 우리 아이들.

"엄마, 제가 먼저 탔는데 언니가 자꾸 비키래요."

"아니, 의자 하나에 한 명씩 앉아야 하는데 제 자리까지 차지하잖아요."

"제가 먼저 탔는데 언니가 새치기했다구요."

남들이 부러워하는 11인승 신차를 내놓으면 뭐 하냐. 문제는 마음이었나 보다. 채워도 채워도 채워지지 않는 허기. 아이들은 그 허기를 느끼는 것 같다. 무엇으로 그 공간을 메꿔야 할까?

문구점에서 두꺼운 공책을 샀다. 첫 표지에 '고마워, 감사해'라고 적었다. 가족 모임 시간에 아이들에게 부탁(?)했다.

"이건 공책이야. 여기엔 하루 중 고마웠던 일, 혹은 감사했던 일을 적는 거야."

그냥 적으라 하면 따라줄 아이들은 없다. 사탕을 발라주어야 한다. 하루에 한 문장 이상 적어놓으면 엄마가 선물을 주겠다고 협박(?)했다. 엄마가 먼저 적고 이렇게 하는 거라고 방법까지 자세히 알려주었다.

'오늘은 하늘이 유난히 맑아서 감사하다.'
'밤하늘에 떠 있는 별을 보니 마음이 평안했다. 감사하다.'
'남편이 아침에 설거지를 대신해준다고 하니 고맙다.'

사소한 일상에서 감사와 고마움을 찾아 적게 했다. 아이들은 늘 시큰둥하지만 그래도 잘 따라준다. 때때로 아이들은 참말로 사랑스럽다.

'오늘은 날이 흐려서 감사하다.'
'언니가 사탕을 줘서 고맙다.'
'학교에서 체육을 해서 좋았다.'
'친구랑 놀아서 감사하다.'

아주아주 사소하고 싱거운 이야기다. 하지만 고마움이라는 낱말을 쓰고 감사라는 생각을 적다 보면 우리들의 공책에는 감사와 고마움이 쌓일 것이다. 얼마나 많은 시간이 지나야 공간이 채워질지 알 수 없지만 그저 감사하다. 고맙다.

물무산 산책길

"여보, 모든 걸 다 잊고 산에 갑시다."

남편은 아이들 때문에 힘들어하는 아내를 불러 세운다. 문제에 빠져 허우적거리며 지푸라기라도 잡는 심정으로 영광의 둘레길(영광군의 정말 행복한 공간, 물무산 행복 숲)에 오른다.

아이들과 함께 살다 보면 즐거운 일도 있지만 아픈 일도 많이 있다. 상처를 안고 살아가는 아이들과의 삶은 그렇게 화려하지 못하다. 성장하는 과정 중에 겪어가는 일이라고 마음을 돌려도 편안해지기가 어렵다. 아프다. 아이들이 아픈 만큼 엄마도 아프다. 해결되지 않은 문제 앞에서는 더 많이 괴롭다. 아직도 어려운 엄마 역할이 옹졸한 마음을 옭아매고 놔주지 않는다.

바지에 운동화, 커피 마실 따뜻한 물과 약간의 간식을 챙겨 호흡을 다듬을 수 있는 공간으로 이동한다.

하루 24시간 집안 전쟁을 잠시 휴전하고 산에 오르는 날은 숨통이 트인다. 조금 빠른 걸음으로 남편과 함께 걷는다. 숨이 가빠지면 생각이 멈춘다. 어제오늘 아이들과 있었던 일들이 잠시 자리를 비켜준다.

산 중턱에 오르면 마음이 편안해지고 상황을 객관화할 수 있는 여유가 생긴다. 그때부터는 남편과 이야기를 나누며 천천히 걷는다. 시야가 넓어지고 산이 보인다. 새소리가 들리고 다람쥐가 나무를 오르내리는 것도 볼 수 있다. 계절에 맞게 옷을 갈아입는 숲이 있다.

"시간이 필요해. 하루아침에 변화될 거라 기대하면 안 되잖아."

남편은 눈치를 살피다 편안해진 내 모습을 보며 말을 건넨다. 지난밤 아이들과 싸웠던 일로 마음이 힘든 나에게 위로라고 건넨 말이다. 대꾸 없이 걷다 불현듯 생각난 사람.

"오은영 박사에게 한번 의뢰해 볼까?"

아이의 문제는 도벽과 거짓말이다. 처음에는 대수롭지 않게 여겼던 것이 점점 수위가 높아지고 있다. 욕심이 많고, 갖고 싶은 것도 많은 아이. 호기심이 남들보다 많은 아이다. 궁금한 것은 참지 못하고 반드시 해결해야만 하는 성격. 조금 특별하다 싶은 물건은 주머니 속에 넣는다. 값이 나가는 물건도 아니다. 그저 자기가 보기에 좋은 물건일 뿐이다.

남편의 답은 쉽다.

"여보, 그냥 지켜봐 줍시다. 천천히 달라질 것을 믿어줍시다."

'천천히'라는 말에 긴 숨이 나온다. 기다려줘야 한다. 그 기다림은 가슴을 치며 우는 일보다 더 힘겹다고 말한 어느 시인의 표현처럼, 힘겹지만 엄마는 기다려줘야 한다. 기다림은 엄마의 몫이다. 엄마가 해줄 수 있는 방법이다.

구불구불 산길을 걷다 보니 시야가 확 트인 정상이었다.

그렇구나!

천천히 바라보고 기다려주어야지. 그러다 보면 어느덧 정상에 오르듯 아이의 마음도 엄마의 마음도 정상을 찾아가겠지.

연말정산

한 해를 보내는 것은 쉽지 않은 일이다. 새해를 맞는 것보다 마지막을 보내는 것이 더 어렵다. 엄마의 잔소리 때문에 더 그렇겠지. 한 해의 마지막을 그냥 보낼 수 없다. 뭔가 이벤트를 만들어야 하고 의미를 부여해야만 직성이 풀리는 엄마의 못된(?) 버릇은 12월 31일에 그 마지막을 장식한다. 연말정산을 해야만 새해를 맞을 수 있다.

올해(2022년)는 마치 계산이라도 해놓은 듯 12월 31일이 토요일이다. 토요일 저녁 우리 집 풍경은 모두 모여라.

저녁을 먹고 난 후 8시가 되면, 아니 7시 50분이 되면 하던 일을 멈추고 거실 책상에 모두 모여야 한다. 가족회의도 하고 가정예배도 드린다. 얼마 전부터 시작한 속담 맞히기 시간도 있다. 엄마는 이 모든 일이 정말정말 재미있는데 과연 아이들도 그럴까? 아니어도 된다. 아이들은 그저 엄마 아빠와 함께할 수 있다면 좋다는 표정이니 말이다(이건 순전히 내 생각이다).

저녁이 되자 모두들 핑계 없이 모였다. 우리 가족 사전엔 핑계라는 낱말 자체가 존재하지 않을지도 모른다. 거의 독재에 가까운 풍경이지만 엄마는 그 안에 사랑을 심는다고 믿는다.

자신을 돌아보며 반성하고 타인의 생활을 이해하는 시간이다. 각자가 보낸 한 해의 이야기를 말하고 들어주면서 공감과 반성, 새로운 힘을 얻는 시간이 되기도 한다.

그런데 문제가 생겼다. 나름 준비하고 계획한 프로그램을 진행하는데, 대략 한 시간이 조금 넘었을까 싶다. 아이들도 조금씩 힘들어하는 눈치가 있어 서둘러 끝내려고 했다. 거기까지는 좋았는데 우리 집 큰아들(아빠다)은 그 시간이 길게 느껴진 탓일까, 몸을 비틀고 인상이 찌그러진다. 마지막 순서인 자신에게 편지를 쓰는 시간에는 대충 써대고는 짜증을 낸다.

애써 준비한 프로그램에 불성실한(?) 아빠의 태도에 엄마는 기분이 확 상하고 말았다. 그래도 아이들 있는 데서 같이 성질낼 수 없어 꾹 참고 마무리를 지었다.

방에 들어와 생각해 보니 너무 억울하고 슬프기까지 했다. 골이 잔뜩 난 엄마는 침대 끝에 가부좌를 틀고 앉아 심통을 냈다.

아무것도 모르는 척, 남편이 말을 건넨다.

"왜? 왜 그래?"

"됐어. 나 앞으로는 가족 모임이고 뭐고 안 할 거니까 당신이 알아서 다 해 처먹어."

"아니, 왜 그래? 갑자기."

알면서도 모른 척 넘어가려는 심보, 누가 모를 줄 알고. 나의 최강 무기 큰 소리를 불러냈다.

"그러니까, 연말에. 그것도 마지막 시간에, 한 시간을 못 참고 성질이냐? 애들도 다 참고 하는데 아빠가 돼가지고 그렇게 짜증을 내면 내가 뭐가 되냐?"

사태의 심각성을 감지했나. 조심스럽게 항복을 청하는 남편이 정말 밉다. 말이 나온 김에 연말정산을 제대로 한번 해보자 싶어 그동안 있었던 남편의 횡포에 대해 까발리기 시작했다.

"당신은 말야, 가정예배 드릴 때 어쩌는지 알기나 해! 한번 설교 시작하면 한도 끝도 없어요. 당신은 그게 말씀이니 뭐니 하는데 내가 듣기엔 잔소리야, 잔소리. 알아!

나는 그 고상한(?) 연설에 대꾸 한 번 안 하고 다 듣고 있어. 뭐 그게 어마어마한 진주 보석 같은 설교라 듣는 줄 아나 봐. 그냥 들어주는 거라고, 그냥.

그런데 연말에 딱 한 번, 내가 좀 길게 시간을 썼다고 이렇게 사람을 무안 주고 그러냐?"

사태가 여기까지 이어지자 우리 집 찐 큰아들, 엄마에게 언제나 듬직한 지원군 아들이 나섰다.

　　"엄마, 그만하세요. 제가 잘못했어요. 사실 저도 조금 길어서 짜증이 났어요. 짜증 내서 미안해, 엄마. 화 풀어요, 연말인데."

　　"휴! 내가 진짜 너 때문에 참고 넘어간다."

　　무사히 정산을 마치고 사건은 마무리되었다.

　　아이들 틈에 끼어 살다 보면 어느 순간 감정의 높낮이를 놓친다. 잘 키우기 위함이라고 포장하고 조금은 과하게 표현되기도 한다. 그때마다 조연으로 등장하는 내 사랑 남편은 이렇게 아내를 지킨다. 너무 멀리 가지 말라고. 너무 깊이 파지 말라고. 지나치게 감정에 함몰되지 말라고.

　　부족한 엄마는 서툴게 사건을 정리하고 제자리를 찾아 편안한 마음으로 한 해의 정산을 마쳤다.

살이나 한번 빼볼까?

잘 시간이 훨씬 지난 늦은 밤. 식탁을 서성이다 바나나를 발견한 남편, 갑자기 마님 눈치를 살핀다.

"한 개만."
"그러시든가. 내 살도 아닌데 왜 내 눈치를 보고 난린고."

40대 중반의 남자, 배가 나오기 시작한다.

근육을 자랑하고 다닐 때가 있었지. 마님(남편 휴대폰에 저장된 아내의 애칭)보다 여섯 살이나 연하인 탓에 손해 아닌 손해를 보고 산다. 나이를 쉽게 가늠할 수 없기도 한 게 얼굴은 주름이 없는 동안형. 한데 같이 사는 마님은 조금 어정쩡한 나이, 50대 같기도 하고 40대 같기도 하고 어떤 날은 30대 후반으로도 보이는 애매한 모습이다.

이렇다 보니 사람들의 구설수는 간간이 둘 사이를 이상하게 몰아간다. 젊은 시절에는 원조 교제니 불륜 소리도 들었던 터라 어지간한 설화는 그저 웃고 만다.

하지만 시간은 모두를 공평하게 하는 능력이 있는 것임에 틀림없다.

남편. 여섯 살 연하이면 뭐 해, 세월을 비켜갈 수는 없는 노릇.

어느 시점부터 배가 나왔는지 알 수 없었으나 지금은 최선을 다해 신경 써야 할 정도로 심각해졌다. 어디 배뿐이랴. 티셔츠도 95면 충분하던 것이 100을 넘기다 이제는 105를 입어야 한다.

외모지상주의를 흠모하는 남편. 안 되겠다, 살을 빼기로 결심. 아니, 그런 일일랑 혼자서나 하시지 뭔 정성으로 온 가족에게 선포하고 전쟁터로 나가는 군인이 되어가는 것인가(사실 그는 군 면제자).

아이들의 관심은 금세 다이어트로 옮겨갔다. 아빠의 작심(作心)이 몰고 온 풍경이다. 한참 먹어야 하는 큰딸은 아빠와 한편이 되더니 급기야 식탁을 초토화한다. 골고루가 통하지 않는다. 칼로리를 살피고 무게를 따지고, 난리도 이런 난리가 없다. 엄마의 협박에도 굴하지 않고 배를 곯아가며 아침마다 저녁마다 체중계에 오르며 몇 그램이 빠졌니, 쪘니 더 빼야 하니, 먹어야겠다, 안 먹겠다, 그야말로 생쇼다.

이 전쟁통에 진실로, 진실로 살을 빼야 하는 딸은 어쩌란 말인가? 이 딸은 먹는 게 제일 행복한 아이인걸.

결국 살을 빼야 하는 자와 쪄야 하는 자 사이에 전쟁이 선포되고 우리 집 식탁은 그야말로 폭탄 투하 장소가 되어버렸다.

하지만 이런 싸움이 얼마나 갈까? 아빠의 도전은 며칠을 못 버티고

가족 식탁을 초토화했던 '살을 빼야 하는 자'들의 초상

봄눈 언제 녹는지 모르듯 녹아내리고 만다.

가난한 시절, 먹는 것이 곧 사는 것이었던 남편은 먹는 것에 집착이 심하다. 먹기 위해 산다고 농담 반 진담 반, 아니 진정 진담일지도 모를 말을 할 만큼 먹는 걸 좋아한다. 먹는 것 앞에서는 행복이 입안에 가득 찬 걸 볼 수 있을 지경으로. 그런 그가 살을 뺀다고 하니 연상 마님은 믿을 수 없는 상황. 작심삼일(作心三日)이 불 보듯 뻔하다.

며칠 후, 식탁은 다시 평화를 찾았지만, 패잔병 남편은 먹을 것을 찾을 때마다 마님 눈치를 본다. 술 담배를 하지 않는 남자는 군것질을 많이 할 수밖에 없다는 말을 경전의 말씀인 양 읊조리며 말이다.

"먹는 건 자유지. 자유에는 항상 책임이라는 것이 따라오거든, 여보."

"당신의 배는 당신이 책임지고 내 배는 내가 책임질 테니 이제 더 이상 살을 빼니 들이니 하지 맙시다."

조금은 자유로워진 연하 남편, 당당히 과자 봉지를 집어 든다.

"아니, 그건 내려놓으세요. 애들 내일 소풍 갈 때 싸주려고 사놓은 간식이거든."

번아웃, 다시 힘을 내야 해

10년 전만 해도 정신과는 특별한 사람들이 다니는 곳으로 알고 있었다. 정신과병원에 다닌다고 하면 정신세계에 문제가 있다고 판단당하기(?) 때문이다.

다른 사람의 생각이 뭐가 중요한가? 하지만 "아이가 정신적으로 문제가 있으니 그렇지" 하며 쑥덕거리기 쉬운 한국 사회에 살고 있는 엄마다.

우리 동네는 농촌 마을이다. 그런데 몇 해 전 이런 시골에 '정신의학과 의원'이 개원했다. 읍내 3층 건물에 떡하니 '서울정신의학과'라고 간판이 붙은 것이다. 처음 드는 생각은 이 병원이 과연 시골에서 살아남을 수 있을까였다.

이런 사고방식을 가진 엄마가 아이를 데리고 정신의학과 문을 두드리다니. 지푸라기라도 잡아봐야 하는 절박함이 그곳으로 이끌었다.

하지만 생각과는 다르게 병원은 많은 환자들로 분주했다. 남편도 깜짝 놀랐다.

'세상이 많이 변했구나.'

창구에 서류를 접수하고 기다리는 내내 불편했다. 누군가 나를 쳐다보고 있는 것 같아 부끄러움이 몸을 움츠리게 했다.

아이의 손을 잡고 진료실에 들어서는 순간, 엄마의 생각이 잘못되었다는 것을 알았다. 용기를 내서 오기를 잘했구나.

의사 선생님께 아이의 상황을 이야기하고, 몇 번을 망설이다 왔노라고 하니 선생님께서는 정말 잘 오셨다는 답으로 마음을 편안케 해주셨다.

여러 심리 검사지가 아동용, 부모용으로 나와 숙제로 해오라고 하셨고 일주일 후에 만나자고 약속을 잡았다.

집에 와서 검사지를 천천히 읽으며 답을 적었다. 아이도 최대한 정직한 답을 적게 하고 남편도 신중하게 수능 문제를 풀듯 풀었다.

일주일 후 병원 방문은 처음보다 가벼웠다. 아이의 상태를 확인하고 상담을 통해 문제를 천천히 해결해 보자는 선생님의 말씀에 신뢰감이 생긴 덕이다.

아이에게 약을 복용해야 한다는 처방을 조심스럽게 해주셨지만 괜찮았다. 마음에서 회복의 믿음이 생긴 것이 긴장을 풀게 했음이다.

한 달이 지났을 즈음 아이와 함께 다시 병원에 방문한 엄마에게 선생님은 조심스럽게 말씀하셨다.

"어머니, 자주 우십니까?"
'아니 자주 우냐는 질문에 왜 눈물이 나는 거야.'

거의 들릴 듯 말 듯 대답했다.

"제가 아이들을 많이 키우잖아요, 선생님. 아이들이 잘 크기를 간절히 바라고 힘쓰고 애써도 여기저기서 문제가 생겨 힘들어요."

"어머니, 어머니의 지금 상태는 번아웃입니다. 혼자서 해결할 수 없을 만큼 힘든 상태라고 할 수 있어요."

아이 문제로 찾아온 병원에 엄마가 환자가 되어버렸다.

"약을 처방하겠습니다. 드시는 건 어머니 자유지만 괜찮습니다. 이 약은 부작용도 없고 아주 좋은 약이에요. 어머니를 더 편안하게 해주고 아이를 잘 키울 수 있도록 도와줄 겁니다."

"네, 주세요. 저도 치료받고 아이도 치료받아 같이 좋아지고 싶습니다."

과연 몇 달 전이라면 이런 상황을 받아들였을까? 하지만 지친 엄마는 선생님의 말씀이 들렸다. 엄마가 먼저 힘을 내야 한다는.

아이를 위해서 엄마는 지치면 안 된다.

남편에게 나도 환자가 되어 약을 먹게 되었다고 말했다. 남편의 위로는 늘 미지근한 물을 마시는 기분이지만 그래도 괜찮았다. 집에 돌아와 알약 하나를 삼키며 엄마는 엄마에게 말해주었다.

'다시 힘을 내야 해.'

꼰대 엄마

"엄마는 우리가 학교 가면 뭐 하세요?"

학교 가기가 싫은 걸까? 엄마 혼자 심심할까 봐서? 가방을 메고 집을 나서던 초등학생 딸이 뜬금없이 묻는다.

"엄마는 니들이 학교 가고 나면 잔다, 쿨쿨."

"와! 부럽다. 나도 빨리 엄마 되고 싶다. 학교 안 가도 되고."

학교 가기 싫어 엄마가 되고 싶다는 아이의 말에 생각이 많아진다. 전업주부, 전업 엄마로 20년을 넘게 살아왔지만, 아직도 서툴고 힘에 부치는 직업이다. 공부에 진심이었지만, 사정상 학교를 제대로 다니지 못했던 엄마가 듣는 "학교 가기 싫어요"라는 말은 사치스럽기만 하다. 이런 생각을 하고 있는 엄마는 과연 꼰대라는 것도 사실로 인정한다.

초딩, 중딩, 고딩에 대학까지 다니는 아이들과 함께 사는 엄마는 날마다 공부 타령일 수밖에 없는데 그 소리를 매일 듣는 아이들은 싫겠지. 그래도 잔소리를 먹고 자란 아이들은 나중에라도 후회가 덜할 거라는 꼰대 같은 생각을 가진 엄마는 오늘도 거침없이 직진이다.

　매일 학습지 푸는 것을 힘들어하는 초등학생 딸을 위해 엄마표 장학 제도를 만들었다.

　"은지야, 학습지 백 점 맞으면 과목당 장학금 천 원 지급이다. 일주일에 이천 원은 거뜬히 벌 수 있는데 해볼까?"

　"엄마, 그럼 그 돈은 제가 맘대로 써도 되는 거예요? 편의점에서 음료수 사 먹을 수 있어요?"

　역시 아직은 순진한 초등학교 3학년 딸이 미끼를 물었다.

　"물론이지, 은지야. 그건 은지가 열심히 공부해서 받은 장학금인데 맘대로 써야지."

　학습지라고 해봐야 한 자릿수 혹은 두 자릿수 더하기 빼기 푸는 것이고, 국어는 본문 내용만 잘 읽으면 되는 아주 쉬운(?) 문제들이다. 공부 습관을 기르기 위한 것이니 매일 분량을 하는 것이 중요하다고 말해주었다.

　시작과 함께 매주 백 점을 고수하는 딸은 용돈 이외의 수입이 생기면서 기세가 등등하다. 돈이란 얼마나 힘이 센가? 엄마의 잔소리를 이긴다.

　문제는 고학년이다. 공부에 흥미는 없으나 금전적 보상에 마음이 쏠린 딸은 고민이다. 동생이 받는 장학금에 심통이 난다.

　"엄마, 저는 은지보다 더 어려운 문제를 푸는데 조금 낮춰주시면 안

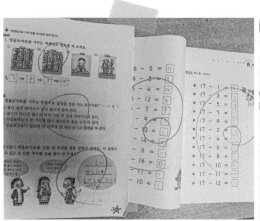

용돈의 유혹이 완성시킨 막내 아이의 백 점 　　　용돈을 위해 문제 풀이에 열중하는 막내 아이

돼요? 수학이랑 국어가 훨씬 어렵잖아요."

백 점을 받지 못한 딸, 공부는 싫어해도 과연 협상만큼은 백 점이구나.

"미희야, 너는 수학은 백 점 가능할 것 같아. 건성으로 풀지 말고 집중해서 천천히 풀어봐. 선생님께서 그러시는데, 다 아는 문제를 건성으로 풀어서 틀리는 거라고 하시더라."

엄마도 순순히 양보할 수는 없다. 밀리기 시작하면 계속 밀고 들어오는 녀석의 성격을 잘 알기 때문이다.

"수학 백 점 맞으면 다시 한번 생각해 보자. 일단 백 점을 보고 말해야 하지 않을까?"

과연 딸은 그 주에 수학 백 점이다.

엄마는 하고 싶어도 형편이 어려워 못했던 공부. 아이들은 할 수 있지만, 하기 싫어서 안 했던 공부였구나. 그러니 엄마는 얼마나 더 꼰대가 되어야 한단 말인가.

고학년 딸은 어떤 때는 백 점, 어떤 때는 아쉽게 한 개가 틀린다. 엄마의 마음도 아쉽다. 속으로는 기특하고 사랑스럽지만 그 감정을 살짝 눌러놓고 단호한 태도를 보여줘야 한다.

"햐~ 어쩌냐, 한 개가 틀렸네."

울상이 된 딸, 희비가 엇갈리는 주말의 풍경이다. 모든 아이가 공부에 진심일 수는 없다. 그러나 모든 아이는 공부를 할 수밖에 없는 것이 현실이다. 엄마의 어린 시절도 공부할 수 있는 환경이 주어졌다면, 공부하기 싫어 많이 반항했을 것이 분명하다. 그래도 꼰대 엄마는 오늘 아이들에게 "공부해라, 공부하자"를 연신 반복하고 있다.

엄마도 달라졌어요

　우리 집 예쁜 풍경 중 하나는 아침 독서다. 학교 가기 전 10분에서 15분 정도의 시간은 책 읽기 시간으로 채운다. 처음 시작할 때는 5분도 못 견디고 왔다 갔다 하던 아이들이 2년 넘게 매일 아침 시간을 투자하니 습관이 되었다.

　아침 식사를 마치고 양치가 끝나면 가방을 정리해서 거실에 모두 모인다. 엄마도 물론 책을 가지고 같이 앉는다. 모닝커피를 끓여 옆에 놓고 아이들과 함께.

　"엄마는 무슨 책 읽어요?"

　"어? 어! 엄마는 상담사 공부를 하고 있는 중이야."

　"엄마는 상담사가 꿈이에요?"

　"아니, 그냥 상담사 공부를 해보려고 하는 중이지. 엄마가 열심히 공부해서 너희들 문제를 상담해 줄게."

　당당히 말했지만 늦공부를 시작하는 엄마는 너~무 늦었다. 내용은 봐도 봐도 처음 본 것 같고 읽고 읽고 또 읽어도 머릿속에 들어오지를 않는다.

"엄마, 상담사 공부 어려워요?"

"어렵지. 너희들 학교 시험보다 더 어렵다."

"무슨 내용인데요?"

"엄마가 읽어줄 테니 잘 들어봐. 얼마나 어려운 내용인지.

개인 심리 상담의 목표, 어떤 징후의 제거가 아닌, 내담자 자신의 기본적인 과오를 인정하고 자신의 자아 인식을 증대시키도록 한다."

열심히 설명하는 엄마를 쳐다보던 딸.

"근데 엄마, 엄마가 상담사 공부하는 동안 잔소리가 줄어든 것 같아요. 상담사 공부 효과인가요?"

"뭐?"

"아니, 말도 부드럽게 하시고 화도 덜 내신다니까요? 맞지, 애들아?"

"맞아, 언니. 요즘 나도 그런 생각이 들었어. 양말을 뒤집어 놨는데, 엄마가 화를 안 낸 것 같았어."

"언니. 나도, 나도야. 화장실에서 양치하다가 물장난 쳤는데 은지야 빨리 양치하고 나와야지 하고 예쁘게 말했다니까."

"엄마 목소리가 부드러워졌어."

이구동성 아이들의 화답을 듣는 엄마는 기분이 묘해진다.

엄마의 공부 방법에 모두 차렷하는 착한(?) 아이들

"우리 엄마가 달라졌다니까요, 하하하."

아이들의 진담 반, 농담 반의 놀림을 들으며 수개월을 공부했지만 결국 엄마의 몇 번째 버킷리스트인 상담사 시험은 보기 좋게 미끄러졌다.

"엄마, 상담사 시험 떨어졌다."

"괜찮아요. 엄마 공부하는 동안 우리는 잔소리를 덜 듣고 살았잖아요."

"도전하세요. 내년에 더 열심히 하시면 돼요."

이것들은 엄마의 도전을 응원하는 것인가, 잔소리가 줄어들 엄마를 기대하는 것인가. 키득거리며 엄마를 놀려대는 아이들에게 강하게 경고장(?)을 날린다.

"알았다. 내년에는 꼭 자격증 따고 말 테야."

4부

한 뼘 한 뼘 성장하기

스무 살 수민에게
_ 둥지를 떠나 세상을 향해 날개를 펼치는 소녀를 위해

글은 말보다 편하구나.

생각을 정리하고 마음을 천천히 내보일 수 있으니 말이야.

게다가 시간을 정하지 않고 편안하게 이야기할 수 있으니 참 좋은 소통 수단이라는 생각이 드는구나.

수민이가 처음 우리 집에 왔을 때 너의 마음은 어땠을까 생각해 봤어.

두려웠을까, 안도했을까, 감사했을까?

여러 감정이 복잡하게 있었을 거야. 어떤 사건을 겪고 있는 사람의 감정은 한마디로, 한 낱말로 정의 내리기 쉽지 않잖아.

너와 생활하면서 나도 여러 감정이 오르락내리락했지.

그런 복잡한 감정들 속에 한 마음만 꺼내볼까? 그중에 하나만 고른다면 나는 단연 '감사'를 꺼내놓고 싶구나. 감사의 마음은 나를 지켜주는 뿌리 같은 것이기도 해. 너를 처음 만났을 때의 마음도 감사였지.

하지만 살다 보면 처음 마음은 길지 않고 때때로 불평도 있고 짜증도 있잖아. 서운할 때도, 기분이 상할 때도 있었을 거야. 사람의 감정은 상황에 따라 변한다니까. 참 못 믿을 게 마음이라는 생각이 드는구나.

그런 복잡한 감정들 속에서도 잘 살아주었으니 고맙구나. 게다가 지방에서 대학 진학을 서울로 했으니 과연 너는 멋진 아이야.

너는 주어진 행운을 모두 써버린 것 같다고 했지만, 역으로 지금부터 너의 행운이 시작되는 거라고 믿어봐. 사람은 믿는 대로 되기가 더 쉽단다. 되도록이면 좋은 믿음과 좋은 생각을 하는 게 좋아. 그것만큼은 내가 할 수 있는 아주 쉬운 방법이잖아. 너의 삶을 힘껏 응원할게.

이곳에 처음 왔을 때 호칭을 이모라고 했지. 그때부터 나는 이모가 되었는데 제대로 이모 노릇을 못한 것 같아 미안하구나. 이모는 또 다른 엄마라고 말해주고서도 그 역할을 다하지 못했으니 내 죄가 크다. 그래도 한번 이모는 끝까지 이모이니 계속해서 그 노릇을 해볼 생각이다.

힘들고 지칠 때, 누구에게도 말 못 할 아픔이 있을 때, 혹시 돈이 필요할 때 생각나거든 연락해 주면 좋겠어. 이모 돈은 무이자 장기대출 가능하단다(^^).

> 홀로 선다는 건 / 가슴을 치며 우는 일보다 더 어렵지만(……)
> 누군가를 열심히 갈구해도 / 아무도 나의 가슴을 채워줄 수 없고
> (……)
>
> 아무도 대신 죽어줄 수 없는 나의 삶 / 좀더 열심히 살아야겠다

이 시는 서정윤의 〈홀로서기〉 일부야. 이모도 고등학생 시절 힘들고 지칠 때 이 시를 읽으며 울고 울면서 홀로서기 했던 생각이 나는구나. 이 시가 너를 위로할 수 있으면 좋겠다.

홀로 서렴, 홀로. 홀로 설 수 있을 때, 누군가를 만나도 함께할 수 있단다.

홀로서기 위해 지지대가 필요하다면 그 역할을 해줄게. 언덕이 되어 잠깐 쉴 수 있게 해줄게.

그럼 이제부터 파이팅!! 울지 말고. 하지만 꼭 울어야 할 때가 있단다. 그때는 울어.

영어단어 암기 놀이

제일 큰언니가 고등학교를 졸업하고 대학에 갔다. 지방에서 서울에 있는 대학에 가면 서울대 간 거나 다름없다고 칭찬인데, 첫째 언니가 그 멋진 일을 해냈다. 꿈에 그리던 서울 입성에 성공했다.

동생들은 부러워했고 엄마는 흥분했다. 새로운 꿈이 생겼다. 엄마는 또다시 바빠졌다. 서점에서 영어 단어장을 구입했다. 물론 수준별로 꼼꼼히 살펴 맞춤형으로 샀다.

한참 영어를 공부해야 하는 중학생에게는 학교 수업과 연계되게 하고, 초등 기본 단어가 필요한 아이에게는 쉽게 접근할 수 있는 책으로, 암기 실력이 뛰어난 녀석에게는 조금 어려운 단어가 있는 것으로 골랐다.

꿈에 부푼 시간이다. 저녁을 먹고 아이들을 모았다. 일장 연설을 해야 한다. 아니면 엄마가 또 자기들을 괴롭히는 것이라 오해(?)를 하기 때문이다. 서울대(여기서 서울대란 서울에 있는 대학을 말한다)에 합격한 언니 이야기에 뻥을 섞어서 자랑하고 너희들도 언니처럼 할 수 있다고 풍선을 불어놨다. 아이들은 시큰둥하다.

그렇다면 두 번째 카드 제시. 영어단어를 하루에 다섯 개씩 외우게 하고 한 개당 백 원, 그러니까 다섯 개를 외우면 오백 원을 장학금으로 주겠다고 했다. 오백 원을 일주일 동안 모으면 이천 원이 생긴다. 뾰로통하던 아이들의 귀가 조금씩 쫑긋해지고 관심을 보이자 당근 하나를 더 추가했다. 금요일에는 일주일 동안 외웠던 단어로 최종 시험을 치르게 한다. 50개를 다 외우면 칠천 원 지급. 일주일에 칠천 원의 장학금을 받을 수 있다고 유혹했다.

유혹에 넘어가지 않는 아이들이 있다. 엄마는 더 열심히 설명하고 설득하는 작업을 했다.

"한번 해보고 말하자. 그깟 영어단어 하루에 다섯 개도 못 외우면 되냐? 어차피 영어 공부해야 되잖아. 돈도 벌고 공부도 하고 얼마나 좋아?"

협박(?)이 통했나? 의외로 단어장을 받은 아이들은 해볼 만하다는 표정이다.

혼자서는 잘 안 되는 아이들이라 아예 시간을 정했다. 아침밥을 먹고 난 후 모두 모여 단어 외우는 시간을 주었다. 그 시간에만 외워도 다섯 개 정도는 외울 수 있다.

첫날은 조금 쉬운 단어들이 있어 모두 백 점을 받았다. 두 번째, 세 번째 날도 모두 백 점. 그렇게 일주일이 되는 금요일에는 약 30분 정도의 시간을 같이 보내며 단어를 외우게 하고 시험을 봤는데 이 녀석들, 모두 백 점이다.

사기충천(士氣衝天)이다. 그 자리에서 장학금을 현금 지급했다. 까짓 이벤트로 마트에 데리고 가서(우리 동네는 마트가 없다. 마을을 벗어나 읍으로 나가 야만 한다) 먹고 싶은 것을 맘대로 살 수 있게 해주었다.

작은 성과이지만 아이들은 만족했다. 물론 엄마는 더 많이 행복할 수밖에 없지. 학원에 보내놓고 거기서 무엇을 하는지 모르는 것보다 몇 배의 효과를 보고 있지 않은가 말이다.

기분이 좋아지자 아이들은 더 열심히 단어를 외웠다. 이제는 제법 훈 련이 되어 금방 외우고 완벽하게 외웠다. 처음에는 몇 개씩 틀리면 다시 시험 볼 수 있는 기회를 주어 어떻게든 백 점을 맞게 했지만, 지금은 50 개가 거뜬하다.

혼자서 이 힘든 일을 할 수 있을까? 놀기에 익숙한 아이들이 하루에 영어단어 다섯 개를 외울 수 있을까? 일주일에 50개를 외워 백 점을 맞 을 수 있을까? 함께라서 가능한 일이다. 너도 하고 나도 하니 괜찮은 것 이다. 거기에 보상까지 따라오니 얼마나 재미있는 놀이인가.

아이들은 단어 외우는 것도 놀이로 느낀다. 엄마와 함께하는 놀이. 그저 함께하는 재미있는 게임이다. 그 게임에 배팅한 엄마는 손해 아닌 손해를 보지만 기쁘다. 아이들이 성장하고 있지 않은가. 아이들이 변화 하고 있지 않은가. 무형의 재산이 겹겹이 쌓이는데 그들은 알까?

오빠의 용돈

갓 스무 살 아들.

여름방학에 집에 왔다. 대학은 방학이 길다. 긴긴 시간. 아들은 용돈을 벌기 위해 알바를 시작했다.

오전 10시부터 2시까지는 일식집 알바, 오후 6시부터 10시 30분까지는 햄버거집 알바. 그야말로 투잡이다.

뭐 하러 그렇게까지 하느냐고 말리는 엄마의 만류에도 방학을 온통 돈 버는 데 투자하는 착한(?) 아들이다.

더럽고, 치사하고, 아니꼽다고.

사장 진상이라고.

그만두고 싶다고.

매일매일 투정하면서도 성실한 알바생이다.

그런 오빠를 바라보는 동생들의 마음은 설레고 또 설레기만 하다.

"오빠가 알바 해서 돈 받으면 너희들 용돈 줄게."

용돈을 주는 멋진 우리 오빠

"와아~ 진짜! 오빠! 얼마 줄 건데?"

"오빠, 알바비는 언제 받아?"

김칫국물 뚝뚝 떨어지는 소리다.

한 달이 넘게 김칫국물만 마시던 아이들에게 기다리고 기다리던 그 날이 왔다.

과연 오빠는 피 같은 알바비를 동생들에게 용돈으로 투척했다.

"너희들 모두 똑같이 줄 거야."

아이들은 환호성이다.

큰언니는 언니라고 많이 주고, 막내는 어리다고 적게 주고.

불공평한 엄마의 용돈 지급에 늘 불만이던 아이들은 오빠의 공평함 (?)에 더 신난다.

용돈 주는 오빠를 위해 동생이 그려준 그림

"야, 그리고 너희들도 커서 돈 벌면 오빠처럼 동생들 용돈도 주고 해야 한다."

오빠의 설교에 제일 신난 막내의 한마디.

"앗싸! 나는 막내라서 동생 없다."

모두 어이없는 표정 끝에 엄마의 흐뭇한 한 방이 있다.

"아들! 엄마는? 엄마는 용돈 안 줄 거야?"

"와아~ 우리 엄마! 벼룩의 간을 빼드시네. 제가 용돈 안 달라고 하는 걸로 퉁치시죠?"

성실하고 착한 아들 덕에 두툼해진 아이들의 용돈 주머니. 오빠의 용돈으로 행복해진 아이들을 바라보는 엄마. 옛날 어른들의 밥 안 먹어도 배부르다는 표현은 이것을 두고 한 말인가. 참 배부르네, 배불러.

아이들이 준비한 점심 식사

휴일의 아이들은 심심할까? 아니다. 함께하면 심심할 시간이 없다. 설 명절은 휴일이 길다. 긴 시간 중 한 날 점심을 아이들이 만든다.

"애들아, 오늘 점심은 너희들이 해볼래? 엄만 여유 있게 책 읽고 있을 게."

아이들의 대답은 하늘을 난다.

"네, 저희가 할게요."

불안한 마음을 잠재우고 부엌을 맡겼다.

엄마가 식사 준비하는 것을 본 것이 있는지라 저마다 잘할 수 있다고 자신만만하다. 엄마의 일을 대신할 수 있다는 것 자체가 흥분되는 일이다.

아이들에게 앞치마를 입혔다. 제복을 갖춰 입어야 뭔가 대단한 일을 하는 것 같은 자부심이 있기에. 막내와 둘째는 서로 먼저 입겠다고 야단이다. 엄마는 뒤로 물러선다. 주방이 보이지 않는 거실 소파에 앉아 소리만 듣는다. 책을 읽겠다고 했지만, 글자만 보고 있다. 아이들의 밥 짓는 소리를 듣느라 집중할 수 없다.

제일 큰언니, 먼저 제안을 한다.

"얘들아, 일단 앉아봐. 무엇을 만들지 먼저 정해야 해."

"언니, 언니, 냉장고에 유부가 있으니 유부초밥 하자."

"아니야, 볶음밥 하자. 양파도 있고 햄도 있고 참치도 있잖아. 엄마가 만드는 거 봐서 할 수 있어."

엄마가 만드는 거 봐서 할 수 있다는 말에 웃음이 터졌다. 엄마가 밥 하는 것을 봤을까? 어디 한번 어떻게 만들어지나 보자.

"달걀을 먼저 풀어야 해."

언니의 말에 촐싹쟁이 막내가 나선다.

"언니, 내가 달걀 깨고 싶어."

"안 돼. 달걀 잘못 깨면 껍질까지 들어가서 문제야."

"아니, 잘할 수 있다고, 나도. 엄마가 하는 거 봤어!"

물러서지 않는 막내의 고집에 언니는 손을 들었는지 막내가 깨기 시작한다.

아니나 다를까, 막내가 깨던 달걀에 껍질까지 들어가고 말았다. 침착한 언니는 괜찮다며 껍질을 건져내는 것 같다.

다음은 어묵 썰기. 칼을 사용해야 하는 정교한 작업에 조심스러운지

176

어묵은 언니가 썰겠다고 한다. 동생들은 잘못하면 손이 다치니까 조심해야 한다며 격려(?)를 아끼지 않는다.

프라이팬에 김치 볶는 소리, 달걀 부치는 소리, 카놀라유를 넣어야 하는지 참기름을 넣어야 하는지 의논하는 소리.

"앗, 뜨거!"

"야, 너 저리 비켜 있어. 위험해. 불 없는 곳에 앉아 있으라고."

요리하는 내내 막내는 엄마에게 와서 묻는다.

"참치 어디 있어요? 햄 어디 있어요? 달걀을 부치는데 소금을 넣어야 해요? 안 넣어도 되죠?"

어린 동생은 언니들 틈에 끼어 나름 정성을 다하고 있는 중인데 언니들이 보기에 막내는 성가신 존재인 것 같다.

요리를 시작한 지 한 시간이 지나고 있다. 볶음밥이 얼추 만들어졌을까 싶을 때 한 녀석이 소리친다.

"언니, 안 돼! 나는 참깨 싫어한단 말이야. 넣지 마."

"아니, 왜 참깨를 싫어해. 얼마나 고소한데. 볶음밥에는 참깨를 넣어야지."

"나도 김치 매워서 싫은데 넣었잖아. 참깨가 뭐가 문제야."

웃음이 나온다. 요리하는 동안 아이들은 엄마의 마음을 헤아려 보았을까?

마지막 작업이 진행 중이다.

"야, 엄마처럼 해보자" 하며 귤을 까서 놓고 요구르트까지 후식으로 준비해 둔다.

제법 모양을 갖춘 점심. 아빠를 불러오고 오빠도 부른다. 스스로 식사를 준비했다는 만족감이 가득한 식탁.

넘치는 칭찬과 함께 맛을 보았다.

"와, 진짜 맛있네!"

아이들의 표정에선 만족이 흘러넘친다. 함께하는 모든 것이 놀이다. 재미있는 놀이. 오늘도 아이들은 함께하는 놀이를 배우고 그 배움 속에 성장하고 있다.

엄마를 위해 맛있는 식사를 차린 우리 집 식탁 풍경

귀찮아지도록 잘 크는 아이

"엄마, 이번 주 금요일에 친구들 데리고 와서 자도 돼요?"

새 학기가 시작된 지 얼마 지나지 않았는데 벌써 친구를 사귄 녀석이 당당히 물어온다. 금요일이면 엄마의 자유시간인데 그걸 빼앗을 작정인 가. 엄마와 아빠는 매주 금요일이면 하던 일 다 멈추고 우리 부부만의 시 간을 위해 집을 나선다. 어릴 적부터 꼭 배워보고 싶었던 장구 수업이 있는 날이다. 그날만큼은 모든 걱정을 내려놓고 남편과 함께 쉼을 얻는 날인데 이 녀석은 엄마의 마음을 아는지 모르는지 다짜고짜 시간을 내놓으란다. 그것도 한 명이 아니고 두 명씩이나 데리고 온다니 귀찮아 죽겠네.

이 아이의 놀라운 변화가 진심으로 감사하다. 처음 이곳에 왔을 때는 초등학교 5학년이었다. 사춘기를 겪고 있을 시기에 자신의 뿌리를 옮기 게 되었으니 얼마나 불안하고 두려웠을 것인가.

초기 상담을 시작했을 때 아이는 '엄마'라는 호칭을 쓰지 않았다. 지금 이 엄마는 가짜 엄마이고 가짜 엄마는 믿을 수 없다는 게 아이의 이유였다. 시간을 두고 기다려주었다.

"그래, 언제든 엄마라고 부르고 싶은 마음이 들면 그때 불러도 괜찮아. 선생님도 원장님도 다 괜찮은 호칭이지. 니 마음이 원하는 대로 부르자."

이전 시설에 대한 원망과 분노가 뭉쳐 있는 상태였고 어떤 말과 행동으로도 얼어붙은 어린아이의 마음을 녹일 수 없었다. 기다리기로 했다.

우리 집 아이들은 모두 다른 곳에서 태어나고 자라다 이곳에 와 가족이 되었다. 안 씨, 서 씨, 김 씨, 유 씨, 문 씨, 박 씨, 전 씨. 성(姓)이 제각각이다. 성만 다른가. 성질도 다르고 생각도 다르다. 감정의 꼭지도, 자라온 배경도 다르다. 그런 우리가 한 가족이 되어 엄마 아빠의 그늘에서 자란다. 아이들이 말하는 가짜 가족이다. 엄마가 되었고 아빠가 되었고, 자녀가 되어 함께 산다.

일반적인 가정 형태를 갖춰놓고 가족처럼 살지만, 마음 붙이고 살기 쉽지 않은 것도 사실이다. 다른 지역에서 이런저런 이유로 들어오기도 하고 나가기도 한다.

사람이 들고 날 때마다 우리 가족은 회오리를 겪는다. 들어와서 견뎌야 하는 아이, 들어온 아이를 받아야 하는 사람, 나간 사람의 공간을 채워야 하는 일들이 반복된다. 여러 번 경험하다 보면 내성이 생길 만도 한데, 아직은 그렇지 않은 것 같다. 그저 아프고 아플 뿐이다.

일주일이 지난 날, 아이는 툭 던지듯 뱉고 나간다.

"그냥 엄마라고 부를게요."

안심이 된다는 표현이다. 이제 괜찮다는 메시지다. 한번 살아보겠다는 의지를 내비친 것이다. 가족이 되어보겠다는 마음이다.

저녁에 미역국을 끓였다. 소고기를 넣고 맛깔나게 끓여 큰 그릇에 가득 담았다.

"가은아, 생일에는 미역국을 먹는 거 알지? 오늘은 니 생일이다. 이곳에 와서 엄마 아빠가 생겼고 자녀가 되었으니 오늘이 니 생일이야."

"제 생일은 11월 10일인데요?"

"그렇지. 오늘을 네 두 번째 생일로 하자. 새로 태어난 걸로 하자. 엄마 아빠의 품에서 다시 태어난 걸로. 과거를 기억하지 말고 오늘과 내일의 기억을 다시 만들자."

그 후로 3년이 지난 오늘, 녀석은 훌쩍 컸고 정말 잘 커주었다. 사이사이 문제도 많았고 아픔도 많았지만 그래도 잘 이겨내 주었다.

이곳을 진짜 집으로 여기고 친구를 초대하는 용기까지 냈으니 얼마나 대견한가.

금요일 저녁을 반납하고 엄마는 녀석의 친구 초대를 승낙해 주었다. 저녁은 무엇을 해줄까, 토요일 아침에는 무슨 반찬을 내놓을까, 어린 손님이 더 무섭다는데 걱정이다.

제가 신발 정리했어요

와글와글 식구가 많은 집의 현관은 심란스럽다. 밖에서 놀 때 편하게 신는 슬리퍼, 학교 갈 때 운동화, 텃밭 농사를 운영하는 엄마의 작업화, 비 오면 나와 있는 장화, 꽃단장하고 외출할 때는 또 멋진 구두도 있어야 한다. 한 번 신은 신발이 제자리를 찾아 신발장 안으로 들어가면 그나마 다행이지만 어디 그런가. 신발은 주인의 움직임에만 반응하는 아주 고약한 게으름뱅이인걸.

참으로 발 디딜 틈도 없는 현관의 어지러운 풍경. 당번을 정해 일주일씩 신발을 정리해 보기도 하고, 안 신는 신발이 밖으로 나와 있으면 주인을 색출해 벌금 딱지를 붙여보기도 했다. 하지만 어떤 형벌도 신발님을 다스릴 수 없었는데.

어머나, 세상에 이런 일이!
이른 아침 현관문 앞 신발들이 나란히 나란히 짝을 맞춰 정돈되어 있다. 아니, 간밤에 우리 집에 무슨 일이 일어난 거야. 도둑이 든 건가?

신발들도 엄마 말씀에 차렷!

신발들이 차렷 자세로 아침을 불러내다니. 도대체 누구의 짓(?)인지 범인을 찾아내려 했지만, 누구도 신발 상황을 보고하지 않는다.

궁금함을 오래 참지 못하는 엄마.

"근데 얘들아, 오늘 아침 신발들이 왜 저러고 있니?"

"무슨 일이 일어난 거야?"

놀란 아이들이 저마다 현관 앞으로 달려나와 진상을 파악하려 한다.

"쳇, 나는 무슨 큰일이라도 일어난 줄……."

신발들의 화려한 변신이 아무렇지도 않다는 표정들이 읽혔다. 이렇게 큰 사건을 지켜보고도 시큰둥한 반응이라니 참을 수 없다. 더 이상한 건 아무도 신발 정리를 했다고 이실직고하지 않는 것이다.

"혹시 현아가 정리했니?"

"아닌데요, 저 아닌데요."

무슨 큰 잘못이라도 한 것인 양 도리도리 머리까지 흔들며 아니라고 발뺌하는 녀석은 우리 집 큰놈이다.

"엄마, 제가 정리했어요."

"뭐? 진짜?"

한 번도! 진짜 단 한 번도 남을 위해 뭔가를 스스로 하지 않는, 혹은 못 하는 아이가 수줍게 고백하며 나온다. 이건 우리 집 역사상 가장 큰 사건이다! 세상에 이런 일이 일어나다니. 어떻게 이런 일이…….

엄마의 호들갑은 도를 넘은 게 아니다. 남의 일에는 1도 관심 없고 손해 보는 일에는 눈길도 주지 않는 우리 집 아이들의 특성. 그런데 임무를 명하지도 않았는데 스스로 타인을 위해 자신의 소중한 몸을 움직이다니. 이건 정말 대박 사건이 아닐 수 없다.

"야! 진짜 니가 했어? 엄마가 시키지도 않았는데 스스로?"

"네. 밤에 제 슬리퍼만 정리해 놓으려고 했는데 신발들이 어지럽게 있어서 정리했어요."

아이를 키우는 보람은 오늘과 같은 일들이 한 번씩 일어나기 때문이다. 코끝이 찡해지는 감동은 고스란히 아이의 몫으로 돌아가야 한다.

"야, 멋져. 멋져, 미희. 진짜 최고다. 너 정말 대단해."

립 서비스와 함께 얼마의 용돈을 투척했다.

"미희야, 오늘은 이걸로 니 먹고 싶은 것 맘대로 다 사 먹어도 돼. 불량식품도 오늘은 오케이다."

그제야 남은 아이들, 동요하기 시작한다.
"엄마, 신발 정리하면 용돈 줘요?"
"나도 옛날에 신발 한 번 정리했는데⋯⋯."
"와, 나도 내일 신발 정리해야겠다."
다양한 반응들이 나왔지만 엄마의 일침에 모두 깨갱이다.
"아니야, 애들아. 미희는 스스로 착한 일을 한 거야. 엄마는 거기에 점수를 준 거다."
"⋯⋯."

살 만큼 살았어요

"백두산이 폭발한다고?"

옹기종기 모여 앉은 아이들이 심각하다. 어디서 나온 가짜 뉴스인지 모를 정보를 공유하며 어린 마음에 두려워한다.

엄마 아빠가 함께 끼어든다.

"뭐, 무슨 이야긴데?"

"엄마, 백두산이 2025년에 폭발한대요."

"뉴스에 나왔대요. 어떡해요?"

지들끼리 재난 대책 회의를 하는 중이었구나. 국가가 해야 할 재난 대책 회의를 아이들이 모여서 하고 있다니 우습다.

"엄마, 저는요. 백두산이 폭발하기 전에 비행기 타고 외국으로 튈 거예요."

제법 큰 아이가 먼저 도망친다고 말하자 일제히 입을 모아 성토한다.

"나는 미국으로 갈 거야. 미국은 안전하잖아."

"야, 미국이 아무나 갈 수 있는 곳이냐? 비자도 있어야 하고 비행깃값이 얼마나 비싼데. 그리고 미국 가서 어떻게 살 건데? 영어도 모르는 주제에."

영어도 모른다는 말에 풀이 죽은 아이는 조금 숨을 고르다 반격에 나선다.

"그럼 언니는 어떻게 할 건데?"

"나는 그냥 깊은 산 속으로 들어갈 거야. 동굴 같은 데 찾아봐서 꼭 꼭 숨어 있다 화산이 다 내려앉으면 그때 나와야지."

깊은 산 속 동굴은 도대체 어디에 있단 말인가, 그리고 그 산 속에서 재난 상황이 종료될 때까지 어떻게 버틸 것인가, 먹을 것은 어디서 가져오고 냉장고도 없는데 음식을 어디에 보관해 두고 먹을 것인지 등등. 준비해야 할 일이 한두 가지가 아니라며 난리가 아니다. 재난보다 더 재난 상황이 되어버린 우리 집 분위기.

그러다 문득 생각난 듯 엄마 아빠를 둘러보던 아이들이 이구동성으로 외친다.

"엄마 아빠는 어떻게 하실 거예요? 백두산이 폭발한다는데."

"진짜로 백두산이 폭발한대? 2025년에?"

"아, 진짜라니까요. 우리가 다 들었다니까요. 뉴스에도 나왔어요."

"엄마 아빠도 준비를 해야 돼요. 안 그러면 그냥 죽게 된다구요."

심각하다, 정말로 심각하다. 금방이라도 백두산이 터져서 몰살당할 것만 같은 분위기다.

"음……, 그러니까 엄마 아빠는 백두산이 터지면 그냥 백두산 터지는 모습을 보면서 그대로 죽을 거야. 둘이서 손잡고 대한민국을 지킬 거다, 자랑스럽게."

엄마의 의연한 태도에 아이들은 또 한바탕 소란이다. 안 된다고 도망가야 한다고, 가만히 있는 것은 멍청한 짓이라고 너나없이 뜨거운 걱정이다.

그때 우리 집 막내, 이제 겨우 초등학교 2학년 은지의 멋진 한 방이 터졌다.

"엄마, 나도 엄마 아빠랑 같이 있을래요. 도망가지 않을래요."

"엉, 그러면 언니들이 말한 것처럼 죽고 말 텐데, 괜찮아?"

"네. 엄마, 저는 괜찮아요. 살 만큼 살았어요."

"뭐라고?"

심각하던 온 집안이 웃음바다가 되었다. 초등학교 2학년 아이의 살 만큼 살았다는 말이 모두의 두려움을 웃음으로 덮어버린 것이다.

초등학교 2학년의 대답이라고 하기엔 너무나 감격스러운 말 아닌가.

재난 상황에 놀란 아이들이 회의하는 모습을 그린 귀여운 딸

아이는 두려움이 없다. 엄마 아빠랑 있는 것이 더 안전하게 느껴졌던 것
일까. 아니면 엄마 아빠가 있어 두려움을 잊게 된 것일까. 겁이 많은 아
이가 저런 답을 찾을 수 있다는 것에 여러 생각이 들었다.

　국가가 안전을 책임지지 못한다면 엄마 아빠라도 아이들의 안전을 책
임질 수 있어야 한다는 놀라운 깨달음을 갖게 한 백두산 대폭발 사건이다.

욕을 하고 싶어

_ 씨발 개새끼야

글은 마음을 치유하는 마법의 약이다. 글쓰기를 좋아하는 엄마는 마음의 근심을 글로 표현하며 힘든 시간을 이겨왔다. 지금의 남편을 만나 예쁜 아이들을 키우고 있는 행복도 글쓰기를 통해 얻은 선물이다. 엄마의 이런 특별한 글과의 만남은 곧잘 아이들에게 이어질 수밖에 없다.

우리 집 막내는 언니들의 그늘에서 힘들다. 하고 싶은 것도 맘대로 못 하고 언니들 눈치에 사는 게 만만치 않다. 그래서인지 툭하면 울고 삐진다. 자신을 지킬 수 있는 것이 우는 것과 삐지는 것밖에 없어 그러는 것 같다.

"은지야, 엄마랑 비밀 일기 써볼까? 엄마가 자물쇠가 달린 일기장 사 줄 테니 거기에 은지가 하고 싶은 말을 써봐."

아이는 반짝이는 눈으로 반응한다.

"엄마, 그럼 아무도 보지 못하는 거예요?"

"그렇지, 아무도 볼 수 없어. 열쇠로 열어야만 볼 수 있지."

"거기에 욕도 써도 되죠?"

"뭐든 써도 되지. 욕을 하고 싶다면 거기다 쓰면 돼. 아무도 못 보잖아."

"그럼 엄마만 보세요."

이렇게 시작된 막내와 비밀 일기 쓰기. 예쁜 일기장을 사주었다. 열쇠 두 개가 달려 있다. 신이 난 아이는 한 개는 엄마에게 주고 한 개는 본인이 가지고 있겠다고 했다.

날마다 거실로 방으로 촐싹거리던 아이는 움직임도 없이 들어앉아 뭔가를 열심히 쓴다. 잠자리에 들 시간, 아이는 엄마 방을 노크하며 일기장을 건넨다.

"엄마, 비밀 일기 썼는데 엄마만 보세요."

자물쇠로 잠근 일기장을 내밀며 꼭 엄마만 봐야 한다고 하니 더 궁금해졌다.

"알겠어. 그럼 지금 볼까, 나중에 볼까?"

"지금 보셔도 돼요. 그런데 마지막엔 조금 욕이 있어요."

"알겠어. 엄마는 다 이해하지."

일기장을 열쇠로 열고 있는 엄마의 마음이 조마조마하다.

억울한 하루를 글로 표현하는 과정, 그 속에서 아이는 마음을 치유하고 있었다. 막내의 힘든 생활이 글로 쏟아지는 동안 아픔은 모두 해결

되었음을 느낄 수 있었다.

은지의 비밀 이야기

오늘 저녁으로 삼겹살을 먹으려던 참이다. 밥이 많아서 덜라고 엄마한테 그릇 좀 달라고

부탁했다.

그런데 내가 싫어하는 콩밥은 많은데 콩을 골라내려고 안했는데 갑자기 재준오빠가

"아유 넌 콩 골라내려고 밥을 더냐. 으이그 편식쟁이"라고 해서 짜증났다.

그땐 진짜 울 것만 같았고 진짜 억울했다.

다음 이야기

오늘 알파에서 새로운 노트를 사서 글을 쓰고 있었는데 미희언니가 와서 물을 티기고 갔다.

나는 너무 화가 나서 욕을 하고 싶었다.

만약에 우리 집에서 욕을 할 수 있었으면 이렇게 말했을 것이다.

"씨발 개색기야."

얼마나 유쾌, 상쾌, 통쾌한 복수인가. 읽고 있던 엄마도 웃음이 터지고 속이 후련하다. 옆에서 코를 골던 남편은 손뼉까지 쳐가며 박장대소하는 마님이 걱정(?)되었는지 놀란 표정으로 무슨 일이냐고 묻는다.

"여보, 여보. 은지는 작가가 될 재목임이 분명해. 이렇게 시원한 글은 처음이야, 정말."

웃음을 겨우겨우 참아가며 아이가 써놓은 일기를 읽어주었다.

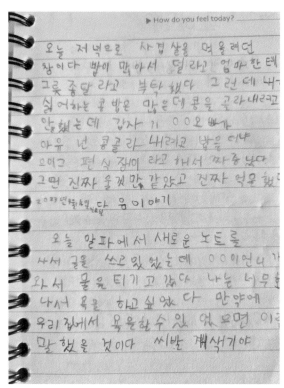

은지의 통쾌한 복수가 펼쳐진 비밀 일기

"와! 진짜 대박! 글이 살아 있어. 욕이 날아 차기 해서 재준이와 미희
의 뺨을 갈기는 기분이야. 최고야 최고. 멋져부러, 우리 은지."

은지는 오늘 밤 편안히 잠을 잘 수 있을 것이다. 시원하게 쏟아낸 마
음이 포근한 꿈을 꾸게 할 것이 분명하다.

며칠이 지나면 언니들도 엄마를 찾아와 비밀 일기를 쓰게 해달라고
졸라대겠지. 우리 가족 모두는 행복한 글쓰기, 치유되는 글쓰기를 할 것
이다.

화장지는 세 장이면 충분해!?

"엄마! 엄마아~!"

아침부터 애타게 엄마를 부르는 곳은 화장실. 어제 갈아놓은 휴지가 벌써 다 떨어진 모양이다.

"아니, 어제 갖다놓은 화장지 벌써 다 쓴 거야? 도대체 너희들은 화장지를 어떻게 하는 거냐? 먹는 거냐?"

엄마의 잔소리가 아침을 뒤흔든다.

저마다 한마디씩 잔소리 핑퐁이 시작되었다.

"엄마, 저는 어제 이후로 화장실 한 번도 안 갔거든요."

"나는 학교에서 똥 싸고 오거든."

"저는 화장지 세 장씩밖에 안 써요. 진짜!"

화장지 세 장밖에 안 쓴다는 범인(?)은 미희다.

"야, 화장지 세 장으로 어떻게 닦는다고 그러냐? 손에 다 묻어. 손도 잘 안 씻는 주제에."

"아니 그러니까, 오줌 쌀 때는 세 장이면 된다는 거지. 내 말은."

냄새나는 아이들의 다툼 끝에 엄마의 결론이 떨어진다.

"그래도 화장지 세 장으로는 좀 어렵잖니? 엄마도 안 될 것 같은데."

"그래요?"

"엄마. 저 A4 용지 두 장만 주세요."

화장지 세 장이면 된다는 녀석의 결연한 말투.

도대체 바쁜 이 아침에 무슨 수작인지 모를 일이다. 자기 물건이 아니면 양심도 없이 함부로 쓰고 버리던 딸이었는데, 무슨 일인가?

색연필을 준비해 놓고 뭔가를 열심히 그리는 미희의 달라진 모습이 사랑스러운 아침 풍경을 만들어주었다.

"짜잔! 엄마, 보세요. 다 그렸어요. 이걸 화장실 문에 붙여놓을 거예요."

웃음이 절로 난다. 화장실 문 앞뒤에 한 장씩 붙인 아껴 쓰기 캠페인이다.

"엄마. 똥 쌀 때는 다섯 장, 오줌 쌀 때는 세 장이면 돼요."

화장실 문에 붙은 문구를 보던 아이들은 저마다 미희에게 한마디씩 쏘아붙인다.

"참나, 어이가 없네. 야, 그럼 손에 묻는다고 했잖아?"

"너나 그렇게 해. 우리 집에서 화장지 제일 많이 쓰는 주제에 무슨 소리야? 그리고 그런 문제는 가족회의를 해서 의견을 맞춰야지 니 맘대로 정하냐?"

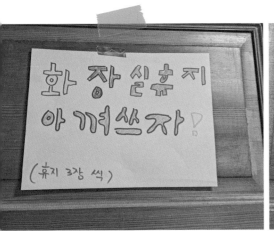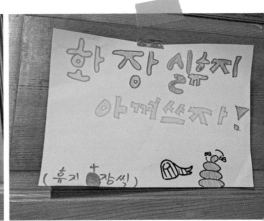

아침을 떠들썩하게 만든 미희의 화장지 캠페인 그림

아침이 온통 똥 냄새로 시끄럽다. 세 장이냐, 다섯 장이냐. 나는 안할 거니까 너나 해라, 너 코 풀 때 화장지 몇 장 쓰냐? 그것은 왜 말 안하고 그러냐……

시끄러운 아이들 속에 애먼 화장지만 화장실에서 조용하다.

"얘들아, 우선 학교부터 가고 보자. 늦었어."

기어이 화장실 문에 화장지 캠페인 문구를 붙이고 난 아이는 당당하게 가방을 메고 학교에 간다. 막내 아이 손에 닿지 못하게 문 위쪽에 붙여놓은 A4 용지가 아침 바람에 펄럭인다.

'화장지 세 장이면 엄마도 곤란한데……'

예전엔 내가 말썽꾸러기였는데…

우리 집 강아지 '이테리.' 아주 멋진 이름이다.

하얀 옷에 귀여운 표정은 아이들의 관심을 끌기에 넉넉하지.

학교에서 돌아오면 엄마보다 먼저 찾는 우리 집 귀염둥이 강아지 이테리.

온 집안의 사랑을 받는 녀석, 얼마나 행복한가. 반갑다고 까불고 올라타고 짖어대고 꼬리도 흔들고.

"앉아!" 명령하면 순한 표정으로 예쁘게 앉아서 다음 지시를 기다린다. 우리 아이들보다 더 착한 지점이다.

하지만 아이들만 녀석을 좋아하지, 엄마는 그렇지 않다.

동물 농장이 되어버린 터 넓은 공간 관리자는 얼마나 피곤한지 아느냐 말이지.

아무 데나 똥을 싸면 아이들이 밟을까 재빨리 치워야 하고 한여름엔 털옷 입고 얼마나 힘들까, 물도 자주 갈아주어야 한다. 개 밥그릇은 또

말썽꾸러기 이테리,
그래도 우리 집에서 제일 인기짱이다.

몇 개를 깨물어 작살내 놓았는지 알 수 없다.

더 견딜 수 없는 건 한밤중에 짖어대는 소리다.

행여 고양이가 지나갈라치면 거의 미친개가 되어 단잠을 깨워놓는다. 또 고양이 밥을 주면 견디지 못하고 먼저 달라고 발광하고 올라타는 바람에 흰옷이 금세 흙투성이가 되고 만다.

비가 오는 날이면 개 특유의 노린내는 참을 수 없고 싸질러 놓은 똥이 비에 쓸려 아차, 밟기 일쑤다.

외출하려고 나오던 중 잠깐 눈이 마주치면 반갑다고 달려들어 차려 입은 옷이 금세 흙투성이가 되고 만다.

오늘은 더 이상 참을 수 없는 녀석의 횡포에 화가 머리끝까지 치밀었다. 텃밭에서 일하고 나서 개집 앞 평상에 잠깐 놔둔 엄마의 신발을

다 물어뜯어 놓다니.

"아이고~. 이테리 이 나쁜 놈! 우리 집 말썽꾸러기야!"

화를 주체하지 못하고 소리를 지르는데 마침 지나가던 아이가 웃으
며 한마디 던진다.
"야~ 예전엔 내가 우리 집 말썽꾸러기였는데……."
"뭐?"

웃어야 산다, 웃어야.
전 말썽꾸러기 아이와 엄마는 현 말썽꾸러기 이테리를 보며 한바탕
웃고 말았다.

저는 엄마면 돼요

하루 종일 이 일 저 일로 바빴다.

오늘따라 피곤이 더 빨리 찾아와 9시가 넘어서자 감기는 눈을 참을 수 없다.

"애들아, 오늘은 엄마가 너무 피곤하네. 조금 일찍 잔다."

이구동성으로 신나는 소리.

"네……. 엄마, 엄마 먼저 주무세요. 우리는 놀다 불 끄고 잘게요."

스르르 잠 속으로 꼴깍 넘어갈 찰나.

"똑똑, 엄~마아."

들릴 듯 말 듯 속삭이며 문틈으로 종이쪽지 하나를 주고 가는 아이.

도대체 무슨 일로 잠자는 엄마를 깨워가며 쪽지를 건넨단 말인가.

내일 읽을지 말지 고민하다 잠이 깼다.

불을 켜기도 힘들어 옆에 놔둔 핸드폰 전등을 이용해 쪽지를 살폈다.

엄마, 죄송해요. (……) 엄마 저는 핸드폰 없어도 돼요. 엄마면 돼요. 핸드 폰보다 엄마가 더 소중해요. 이 진심을 받아주실 거죠? 사랑해요.

이게 뭐야? 이 낯간지러운 사랑 고백은. 그것도 이 밤중에.

잠은 이미 멀리 달아나버리고 무슨 일인가 상황을 정리해 본다.

사건의 전말은 이렇다.

그러니까 언니가 동생에게 엄마 몰래 핸드폰 했다고 일러바치겠다고 협박하고, 그 협박을 못 견딘 동생이 미리 이실직고 자수하여 광명을 찾자는 내용이구만.

아이를 불렀다.

"은지야! 엄마 몰래 핸드폰 한 것이 무서웠어? 그래도 엄마에게 이렇게 고백하니 마음이 시원하겠네. 거짓말 안 하고 엄마에게 달려와 줘서 더 고맙구만. 숨기지 않고 말해주어서."

아이를 꼭 안아주었다.

죄 사함을 받은 어린양은 삐질삐질 울면서

"죄송해요, 엄마. 저는 엄마면 돼요."

아이들의 성장과정에는 거짓말도 있고 도벽도 있다. 몰래몰래 잘못된 행동을 한다. 그러면서 배운다. 잘못이 왜 잘못인지, 나쁜 행동이 어떤 결과를 초래하는지. 더듬더듬 좌충우돌 사고뭉치로 크는 것 같아도 그 과정 속에서 아이들은 배우고 성장한다. 아주 조금씩 이해하고 받아들인다. 그러던 어느 날, 훌쩍 아이의 생각이 크고 마음이 커 있는 것을 발견하면 감격하고 감탄한다. 그래서 엄마는 아이들과 사는 것이 참 좋다. 엄마도 너희들만 있으면 된다.

"엄마, 우리 집은 다 누나들뿐이에요. 저도 남동생 하나 만들어주세요."

"형아 있잖아. 형아는 남자잖아."

"아니, 엄마. 형아는 저랑 놀아주지도 않잖아요. 맨날 심부름만 시킨단 말이에요. 물 떠와라, 시끄럽게 놀지 말아라, 형아 양말 빨래통에 넣어라, 빨리 자라. 잔소리가 엄마보다 더 심하다니까요. 빨리 개학해서 기숙사 가버렸으면 좋겠어요."

누나들만 가득한 집 막내아들은 사는 게 힘들다. 겨우 하나 있는 여동생은 얼마나 기가 센지 같이 놀기가 어렵다.

나이가 한참 많은 형아가 있긴 하지만 놀아주기보다 야단치는 일이 더 많다. 귀찮게 굴면 바로 들어오는 잔소리는 거의 아빠에 가깝다.

혼자 노는 일에 지치고 무료함이 넘치면 독고 소년은 막대기를 하나 든다.

엄마의 놀이터 텃밭을 향해 심통을 부리는 건지 반항을 하는 건지 작살이 시작된다.

밭 가장자리에 심어놓은 감나무가 아들의 막대기 폭력에 뼈대만 남았다. 그 옆 사과나무도 비켜가지 못하고 추풍낙엽 우수수 떨어지고 그늘 없는 사막 신세다.

동네 분들과 함께 조경수로 심어놓은 남천은 온데간데없고 옆집 권 사님의 귀한 쪽파는 뿌리만 남겨진 채 처참하다.

닭장으로 쓰고 있는 비닐하우스는 군데군데 찢겨 비가 오면 안으로 물이 들어와 닭들이 젖는다.

와~.

이런 상황이면 엄마는 두 손 두 발 다 들어야 할 판이다.

"여보, 재준이를 어떻게 하면 좋을까요?"

"커가는 과정이지, 뭐. 남자들은 다 저렇게 커. 나는 더 심했어. 중학교 가고 고등학교 가면 괜찮아진다니까 너무 걱정 마소."

아니, 이 일이 시간이 지나면 괜찮아진다고 놔둘 문제인가 말이야. 남편의 태평한 소리에 한숨이 더 는다.

걱정으로 늙어갈 무렵, 엄마는 방법을 하나 찾아냈다. 아이의 심심한 시간을 위해 일거리를 만들어주는 것이다. 거창한 표현으로 '동물 치유' 프로그램이다.

학교에서 준 금붕어를 3년 이상 죽이지 않고 키워온 아이다. 또한 고양이 밥이며, 개밥을 싫다 안 하고 잘 준다. 혹 고양이가 다쳐오는 날이면 엄마를 불러 치료해 주어야 한다며 측은해하는 마음도 갖고 있는 아이다.

동물에 대한 관심이 있기에 거기에 마음을 쓰고 시간을 쓴다면 지루하고 심심한 시간을 메워줄 수 있을 것 같았다. 더불어 우리 집 텃밭도 제자리를 찾겠지.

남편을 졸랐다.

"여보, 당신 아는 분 중 산속에서 흑염소 키우시는 분 있죠? 그분께 흑염소를 하나 사서 재준이에게 키워보라 합시다. 흑염소 아빠가 되게 해주자구요. 그러다 보면 텃밭을 작살내는 일도 줄고 놀이도 되고, 흑염소와 교감도 나누니 좋을 것 같아요."

이렇게 시작된 재준이의 흑염소 두 마리 일지 쓰기 시작. 수컷 이름은 검돌이라 지었고 암컷은 검순이라고 지어주었다.

"재준아, 암컷은 털이 약간 갈색인데 갈순이 어때?"

"아니에요, 엄마. 돌림자 써야 해요. 검돌이 검순이가 좋아요."

이름까지 지어준 염소 아빠. 아침에 일어나서 밥 먹고 나면 바로 흑염소가 있는 곳으로 달려간다.

새끼 흑염소 두 마리에게 사료를 주고 물도 갈아준다. 오후에 학교에

혹염소 엄마를 부자로 만들어줄 혹염소 남매(혹염소 엄마인 막내의 그림)

서 돌아오면 풀을 뜯어서 주고 돌봐준다.

혹염소가 집을 뛰쳐나와 돌아다니는 날이면 사료로 유인해서 우리로 들여보내는 일 등, 혼자서 제법 아빠 노릇을 한다.

옆에서 구경만 하던 여동생.

"엄마, 저도 혹염소 밥 주고 싶어요."

"그래, 그럼 오빠랑 같이 키울래? 나중에 혹염소가 새끼 나서 많아지면 부자 되는데……"

부자 된다는 말에 귀가 솔깃해진 딸은 곧바로 혹염소 풀을 뜯는다.

두 아이는 바로 혹염소 아빠 엄마가 되어버렸다.

사료를 주고 풀을 뜯어서 주고 물을 갈아주고, 주말이면 언덕에 풀어놓고 풀을 뜯게 해준다.

하교 후 흑염소에게 풀을 주며 놀아주는 아이들

　잠들기 전 하루도 빠지지 않고 일지도 쓰며 흑염소의 성장과정을 기
록한다.
　덕분에 마당 앞 텃밭 채소들이, 나무들이 살았다. 검순이 검돌이가
엄마의 텃밭에 평화를 가져다주었다. 물론 아이는 더없이 만족하고 행복
하다.

나도 고아였습니다

남편.

결혼해서 20여 년을 함께 살지만 속 모를 일이 있다. 때때로 무슨 생각을 하는지, 어느 지점에 상처가 있는지 가늠하지 못할 때가 있다. 남들은 우리 부부를 다정하고 대화가 잘 통하는 사이라 알고 있지만 말이다.

평소에는 그렇다. 사소한 이야기를 재미있게 나누고 웃음 꼭지도 비슷해서 잘 웃는다. 그런데도 한 번씩 도대체 저 남자, 뭐가 문제인 거야 하고 답답함이 차오른다.

자신의 가장 내밀한 치부라고 생각하는 것. 세월이 가도 녹여내지 못한 아픈 상처. 남편은 그것을 해결하지 못하고 있었다.

차마 밖으로 내뱉지 못한 슬픈 낱말 '고아.'

어린 시절 보육시설에서 자란 경험을 가지고 현재 아이들과 함께하는 아동 청소년 공동생활가정을 운영하고 있지만 그도 그렇게 어려운 낱말이 '고아'였던 것이다.

가슴에 묻어둔 과거와 만나야 했던 사건이 생겼다. 함께 보육시설에서 자란 동생이 후원을 하겠다며 나섰다.

그 또한 같은 환경에서 자라 현재는 당당하게 가정을 꾸리고 열심히 살고 있다. 그 동생이 형님이 하는 일을 돕겠다며 고아로 살던 자신의 과거를 공개했다.

유튜브 영상 '나도 고아였습니다'를 제작해 자신이 운영하는 카페에 올려 후원자를 모집해 주고 있었음을 알게 되었다. 그룹홈을 운영하는 형님을 위해 자신의 과거를 기꺼이 내놓을 줄 아는 멋진 동생의 영상을 보고 있던 남편은 뒤통수를 한 대 얻어맞은 듯 현기증을 느꼈다고 했다.

'나도 고아였고 형님도 고아였다.' 같은 처지에 사는 사람을 돕고 싶다는 내용을 보고 형님은 가슴 깊이 묻어둔 '고아'를 꺼내야만 했다. 자신의 문제를 해결하지 못하고 묻어둔 채 아이들에게 다가간다는 것은 위선일 뿐이라는 것을 깨달았다고 고백했다.

그 지점이었구나. 오랜 세월 아무렇지 않게 여겼다고 했지만, 아니었구나. 자신도 알아차리지 못한 상처를 바라보게 해준 동생에게 미안하고 부끄러웠다고 한다.

남편은 아이들을 불러 모았다. 남편의 고백은 참으로 슬펐다. 슬펐지만 기뻤다. 자신의 껍질을 벗어버리고 나비가 되어 날아오르는 화려한 모습을 볼 수 있었다.

"얘들아, 아빠도 고아였어. 아빠도 그런 과거가 싫었나 봐. 숨기고 싶은 아픔이었나 봐. 그런데 아빠와 함께 살던 동생이 당당하게 고아라고 말하며 너희들을 돕겠다고 나서는 모습을 보고 아빠도 결심했어. 당당해져야겠구나. 당당해야 너희들을 멋지게 키울 수 있겠구나."

아직은 어린아이들, 아빠의 용감한 고백을 이해하는 아이들이 몇일까? 그래도 남편은 끝까지 말을 이어갔다.

"너희들도 당당해라. 아빠도 당당할 테니. 그리고 세상을 이기며 살자."
삶의 두꺼운 껍질 하나를 벗겨낸 가벼운 마음이 남편을 신나게 했을까. 오늘 저녁은 아빠가 쏜다로 시작한 풍성한 간식이 때늦은 슬픔을 덮어주었다.

"당신 그랬어? 나는 이미 해결된 일인 줄 알고 있었는데."
나는 당신의 마음 한구석을 차지하고 있는 슬픔과 대화를 나눌 수 있게 되어 기쁘고, 당신이 가벼워진 것 같아 고맙다고 말해주었다.
남편은 함께해준 동생에게 전화했다.
"남기야, 고맙다. 너 덕분에 내가 더 많이 행복하다. 물론 후원자를 모집해 준 건 더 고마운 일이고."

길을 찾아가는 아이들

"엄마! 저 달라졌죠?"

학원을 마치고 집으로 오는 차 안에서 뜬금없는 아이의 직구다.

"그래? 뭐가 달라졌는데?"

"달라졌잖아요. 엄마가 말하면 바로 '네'라고 대답도 하고, 신발도 엄마가 말 안 해도 정리했다구요."

함께 차를 타고 오던 언니들 포탄 투하.

"야, 그럼 우리 텔레비전에 '우리 아이가 달라졌어요' 신청해야겠다."

"그러다 다시 옛날처럼 소리 지르고 물건 내던지면 어쩌라고?"

"하하하, 그럼 다시 오은영 선생님 프로에 보내야지. 뭐야? 그거 '금쪽같은 내 새끼' 거기 보내자."

"야, 안 돼. 안 돼. 거기는 돈 엄청 많이 들어. 아마 백만 원도 더 들걸?"

"오은영 선생님 엄청 유명하잖아. 몇 달 줄 서서 기다려야 만날 수 있대."

"언니, 그냥 '우리 아이가 달라졌어요' 프로에 나가야겠다."

막내의 순발력에 모두 웃음 포탄이 터진다.

엄마는 네모난 규칙을 좋아한다. 어쩌면 아이들은 그런 엄마의 규칙이 힘들고 때론 버겁기도 할 터이다. 사람 얼굴이 다르듯 성격이나 스타일이 다름은 당연한데 엄마는 그저 네모나게만 붙잡아 키우려 하는지도 모르겠다.

가끔은 엄마도 길을 잃을 때가 있다.

유명 강사의 강의 내용이 마음을 더 혼란스럽게 한다.

"아이들을 가두지 마세요. 그렇다고 방치는 안 됩니다. 방치와 방목은 다르지요. 방목하세요. 큰 울타리를 만들어주고 그 안에서 자유롭게 살도록 해주세요."

그렇다면 방목은 무엇인가? 어떻게 하는 것이 방목인가? 지금의 양육 방식에 엄마는 길을 잃었는데 아이들은 길을 찾은 모양이다. 엄마의 틀을 뚫고 일탈이 시작된 것이다.

사춘기로 접어든 아이들이 엄마의 틀을 벗어나려고 꿈틀댄다.

"엄마는 왜 엄마 맘대로만 해요? 하기 싫은데 왜 강요하냐구요?"

"빨리 스무 살이 되고 싶어."

"야! 스무 살 되면 뭐 별것 있는 줄 알지? 오히려 책임질 일만 더 많아지거든. 어른이라고 다 맘대로 할 수 있을 것 같냐? 더 힘들어, 더!"

아이의 불만보다 더 크게 질러놓았지만 맘이 무겁다.

성장통이라고 하기엔 지나친 반항이라는 생각과 어쩌면 엄마의 답답한 틀을 못 견디는 자유로운 자아의 현상이라는 생각 사이에서 괴롭기만 하다.

초등학생 때만 해도 엄마가 최고였고 엄마면 다 되었던 아이들이다. 성장하고 있는 것이 분명한데도 엄마는 받아들이기가 힘들다. 방목하라고 하는데 어떻게 하는 것이 방목인지조차 모르겠다.

"여보! 그냥 놔둬. 일일이 다 신경 쓰다가 싸움만 되고 그러니까 뛰쳐나가려고 하는 거 아냐?"

항상 한 발짝 뒤에서 바라보는 속 편한 남편은 위로인지 핀잔인지도 모를 말로 쏟아놓는다.

'뭐야? 저 인간. 아이들에 대해 얼마나 안다고 또 편을 들어?'

속에서 열불이 났지만 참는다.

너도 네 인생이 처음이고, 엄마도 엄마 인생이 처음이라 답이 쉽게 ○×문제 풀듯이 나오지 않는다는 것을 인정하고 합의하자고 내민다.

한바탕의 회오리가 지나가고 다시 평온한 집안 분위기에 아이들은 편안히 초원의 양처럼 풀을 뜯는다. 오은영 선생님보다는 못하지만 나도 제법 해냈구나 안도한다.

이야기를 마치면서

우리 집 아이들은 가족에 관한 이야기를 나누는 것이 무척 어렵습니다. 어떤 아이는 친부모에 대한 상처가 깊어 꺼내기를 두려워하고 또 어떤 아이는 엄마 아빠의 기억조차 없어 힘들어하기도 합니다.

"수미야, 너는 엄마도 둘이고 아빠도 둘이잖아. 얼마나 좋아? 그렇게 생각하면 어떨까?"
"은지야, 은지의 엄마는 나야. 세상에 둘도 없는 엄마와 아빠잖아. 왜 엄마 아빠가 없다고 생각하는 거야?"

세상의 편견과도 싸워야 합니다. 일반 가정의 형태와 달라 가족을 의심하는 아이들의 뒷이야기를 들어야 합니다.

"가족인데 왜 성(姓)이 달라?"
"식구들이 왜 그렇게 많아? 얼굴도 안 닮았잖아."

새로운 대안 가정 그룹홈입니다. 보호가 필요한 아이들(방임, 학대, 빈곤, 부모의 이혼 등)을 위한 소규모 사회복지시설입니다.
이곳의 아이들은 자라온 환경도, 부모도 다릅니다. 성(姓)도, 모습도 다르지요. 하지만 새로운 가정이라는 울타리 안에서 한 가족입니다.
싸움도 있고 시기, 질투도 있습니다. 사랑도 있고 배려와 용서도 있습니다. 엄마도 있고 아빠도 있습니다. 서로가 서로에게 힘이 되어주는 대안 가정입니다.

사회가 다양해지면서 가족의 형태도 달라지고 있습니다. 2인 가족, 4인 가족, 1인 가족도 있지요. 우리 가족은 대(大)가족입니다. 함께 여행을 하거나 대중음식점에 가면 사람들의 이목이 집중됩니다.

"애들이 이렇게 많아요? 다 한 가족이에요? 아이들이 귀한 세상에 부럽네요. 자랑스러워요."

아이들은 어깨가 으쓱해지기도 합니다. 사람들의 놀라움이 칭찬으로 들리는 것이지요.

"아니요, 우리 큰언니는 집에 있어요. 더 많아요, 가족이."

막내 아이의 자신감 넘치는 화답에 모두 한바탕 웃음이 터진답니다.

아이들은 그저 아이일 뿐입니다. 세상의 편견에 마음이 다치지 않고 새로운 가족(그룹홈) 안에서 멋진 내일을 꿈꾸며 행복하게 살기를 간절히 바랄 뿐입니다.

감사합니다.